O REDENTOR E O JACARÉ

EDITORA
Labrador

Copyright © 2022 de Juliana Apetitto
Todos os direitos desta edição reservados à Editora Labrador.

Coordenação editorial
Pamela Oliveira

Assistência editorial
Larissa Robbi Ribeiro

Projeto gráfico, capa e diagramação
Amanda Chagas

Preparação de texto
Lívia Lisbôa

Revisão
Daniela Georgeto

Imagem de capa
Unsplash: Alessandra da Veiga (Cristo Redentor); Danilo Alves (Favela do Jacarezinho - RJ)

Dados Internacionais de Catalogação na Publicação (CIP)
Jéssica de Oliveira Molinari - CRB-8/9852

Apetitto, Juliana
  O Redentor e o Jacaré / Juliana Apetitto. -– São Paulo : Labrador, 2022.
  144 p.

ISBN 978-65-5625-229-2

1. Ficção brasileira I. Título

22-1777   CDD B869.3

Índice para catálogo sistemático:
1. Ficção brasileira

Editora Labrador
Diretor editorial: Daniel Pinsky
Rua Dr. José Elias, 520 — Alto da Lapa
05083-030 — São Paulo — SP
+55 (11) 3641-7446
contato@editoralabrador.com.br
www.editoralabrador.com.br
facebook.com/editoralabrador
instagram.com/editoralabrador

A reprodução de qualquer parte desta obra é ilegal e configura uma apropriação indevida dos direitos intelectuais e patrimoniais do autor. A editora não é responsável pelo conteúdo deste livro. Esta é uma obra de ficção. Qualquer semelhança com nomes, pessoas, fatos ou situações da vida real será mera coincidência.

A Janine,
Minha linda irmã,
Merecedora de toda a admiração,
Por sempre utilizar, sensatamente,
O amor e a razão.

No fundo do saco de estopa, tem sempre um papel amassado que não sei do que se trata, bem como pedaços de linhas enroladas... Tem tantos entos, bentos e piadas, só não tem uma pata de coelho, um trevo de quatro folhas ou qualquer outra coisa que me assegure a estrada...

Lívia Apetitto

CAPÍTULO 1

O rosto de Ana Lúcia estava vermelho feito pimentão. Toda a comunidade da região de Alcântara sabia que sua mãe caíra de bêbada na calçada. Os colegas da sala de aula multisseriada faziam piada da situação.

— Na mesa não falta a cerveja de cada dia — comentou um garoto, rindo.

— Não seria o pão de cada dia? — perguntou outro.

— A mãe dela não paga nem o bar, vai pagar a padaria?

Mais risadas. A aula acontecia num barracão improvisado pelos moradores. Isolada, Ana Lúcia se ressentia. Pessoas próximas se afastaram e até mesmo Jurema, sua melhor amiga, fingia que não a conhecia.

Nos últimos anos, Ana Lúcia via sua vida, dia após dia, descer ladeira abaixo. O pai fora assassinado a tiros, ninguém sabe por quem nem por que, e a mãe se autodestruía. Berenice começou a beber depois da morte inesperada do marido, e as pessoas, por serem superficiais, preferiam julgá-la. Para a comunidade, Ana, obviamente, também era uma fruta bichada.

Sem muitas opções, a menina avaliava que só lhe restava abandonar tudo ou lutar até o esgotamento de suas forças. Arrasada, Ana levou a mão aos olhos, úmidos de cansaço e tristeza. Não tinha dormido o suficiente à noite, sendo acordada, de um sono sem sonhos, com fortes batidas na janela.

— Preciso de ajuda com a tua mãe. — Era Matheus, dono do bar que ficava no início da rua.

— Ajuda pra quê? — Ana Lúcia fez grande esforço para não tampar o nariz, pois o homem exalava um cheiro forte e azedo, misturado a pinga e sujeira.

— Pra fechar o boteco — respondeu ele, de cara amarrada. — Tá tarde. Tua mãe não vai embora.

Ana Lúcia engoliu em seco, sendo comprimida pela obrigação que a situação exigia.

— Tô cansado dessa merda toda noite — avisou ele, meio bruto, dando as costas para ela ao deixar a janela.

Não tinha outra solução — pensava a menina, saltando da cama e calçando o chinelo —, Berenice precisava dela.

Chegando ao bar, Ana Lúcia presenciou Matheus escorraçando Berenice, que, mesmo humilhada, ainda tentava explicar sua necessidade de beber.

— Ah, mulher, vá pra baixo da égua com essa garrafa — gritou ele, puxando-a pelo braço.

Como condená-la? A vida não era justa. Berenice não merecia ser escorraçada como se fosse cachorro. Ser alcoólatra não a desumanizava, mas Ana já podia imaginar o falatório que circularia logo pela manhã: mulher sem dignidade. Desnaturada. Fraca. Bêbada. Péssima mãe. Ninguém faria comentários sobre a reação violenta do dono do bar, nunca fizeram.

Para Ana Lúcia, o falatório sobre a maternagem de Berenice era o mais difícil de suportar. Causava dor por existir um pequeno sentimento de revolta dentro dela que exprimia tristeza e incompreensão. Não dava para justificar tudo o que a mãe fazia porque a perda era mútua e a de Ana Lúcia, talvez, até dupla: Ana perdeu o pai e também a mãe — que parecia morta em vida. Mas Ana Lúcia não bebia como se o mundo fosse acabar.

A aula terminou e Ana foi a primeira a deixar o barracão, não sem ouvir os colegas rirem outra vez. Desejava não voltar; afinal, para que estudar? Ela já sabia ler e escrever. Berenice lhe ensinara a cozinhar e também a alvejar roupa antes de colocar no arame para secar. E, graças ao pai, Jeremias, ela conhecia os mistérios da terra e também realizava o parto de um porco com tranquilidade. Ana Lúcia tinha dezesseis anos, sobrevivia com o básico e, no futuro, saberia ser boa esposa. Seus demais problemas a escola não resolveria. Por que continuar frequentando aquele lugar que só fazia mal para ela?

Em casa, a mãe dormia no colchão velho com a mesma roupa do dia anterior, seus cabelos estavam oleosos e desgrenhados. O odor também não era agradável, mas Ana Lúcia tinha preocupações maiores no momento. Ela não sabia o que preparar para o almoço. Havia pouca comida e o fantasma da fome se fazia presente, com feijão aguado e nenhuma mistura na panela. Enquanto acrescentava farinha ao feijão, Jurema, a amiga que mais cedo evitara olhar para ela, bateu à porta, visivelmente constrangida.

— Oi, Ana. Pode falar?

Ana Lúcia olhou-a com mágoa, então perguntou:

— Por que agora?

— Eu passava por aqui e pensei em te chamar pra...

— Falasse comigo no barracão — disparou.

— Não sabia o que te dizer lá.

— E agora sabe? Não viu que eles riam de mim?!

Jurema hesitou.

— Você é a minha melhor amiga — murmurou, sem encarar Ana nos olhos.

— Quando ninguém tá por perto — acusou Ana Lúcia.

— Não é verdade.

Ana Lúcia respirou fundo, desejava ficar sozinha. Jurema não era capaz de assumir que faltara como amiga.

— Minha mãe teve uma noite difícil, não que seja novidade, e eu preciso terminar de fazer o almoço.

Os olhos de Jurema brilharam, cravados na amiga.

— Ana... — disse ela, mordendo o lábio superior discretamente. — Não é minha intenção te invadir nem nada, mas... Que tipo de mãe não coloca a própria filha em primeiro lugar?

— Uma consumida pela dor — a resposta veio rápida, sem dar espaço para novas perguntas.

— Sinto muito — sussurrou Jurema, sem explicar se lamentava pela ausência de solidariedade no barracão ou pela pergunta que fizera.

— Eu também — concordou Ana Lúcia, encerrando a conversa.

De volta à cozinha, logo concluiu que a comida serviria a uma única pessoa. E não seria ela.

~~~

Ana observava a mãe de ressaca e visualizava um porto nada seguro, com buracos enormes onde deveria existir amparo e segurança. Ela tinha que entender, não podia abandonar a mãe, mas se entristecia por senti-la distante. Berenice até perguntava sobre as aulas no barracão, mas sem real interesse, mais para cumprir um protocolo do que qualquer outra coisa. E, como se o sentimento de desamparo já não fosse suficientemente ruim, Berenice fez um comentário durante o almoço que comprovava sua não participação na vida da filha.

— Aquela tua amiga... Esqueci o nome dela.

— Jurema.

— Isso. Ultimamente você parece morar na casa dela — disse, em tom de crítica, levando uma colher à boca.

Ana suspirou e se levantou da cadeira, indo até um pequeno filtro de cerâmica feito por Berenice. Ela encheu um copo com água e bebeu, sem pressa, refletindo sobre Alcântara. Tudo seria diferente longe daquelas terras.

— Mãe, por que não vamos morar com a vovó Célia?

— Ela mora no Rio de Janeiro — disse Berenice, com uma careta de desaprovação. — Que papo idiota é esse?

— Não é idiota — respondeu Ana, cruzando os braços. — Ela convidou a gente e o papai.

— Célia escolheu o Rio. Não escolheu o seu pai.

— Ele teve a opção de ir com ela, só que decidiu ficar — murmurou Ana Lúcia, mais para si mesma.

— Tua avó é uma ingrata do caramba. Não vamos abandonar nossa gente, assim como seu pai também não abandonou.

Havia algo estranho na voz de Berenice, como se ela não acreditasse totalmente no que dizia.

— A vó foi atrás de uma vida melhor — defendeu Ana Lúcia. — Não estava errada. O pai vivia indo pra lá.

Berenice escolheu ignorar aqueles comentários.

— Nossos antepassados mais antigos viveram neste pedaço de terra. Em Alcântara. Temos que resistir e lutar pelo suor deles.

Ana não concordava com o raciocínio da mãe. Para começar, Berenice não estava resistindo e muito menos lutando por algo. Já Ana, por sua vez, estava exausta de fazer tudo sozinha. Bastante deprimida com a morte do pai, decepcionada com as bebedeiras da mãe, envergonhada com o falatório das pessoas e desgostosa com suas falsas amizades.

— Até quando? — a pergunta de Ana Lúcia saiu quase em um sopro, breve, mas exprimindo o peso de sua angústia interior. — Até quando, mãe? Papai foi assassinado e não sabemos porra nenhuma do que rolou. Mas ele morreu aqui, nesta terra que arou por toda sua vida. Depois disso, sinceramente, não temos obrigação de ser resistência. O suor e o sangue dele fazem parte deste lugar e eu cansei de sofrer. Você não está cansada?

Berenice ficou um tempo sem falar e, quando voltou, foi para deixar claro que não mudaria de posicionamento.

— Sabe como a Célia saiu daqui? — questionou ela, afastando o prato e colocando os braços cruzados sobre a mesa.

— Lá vamos nós de novo...

— Ela negociou a casa, que hoje é o bar do Matheus — continuou Berenice, ignorando a fala da filha. — Também se desfez da única porca grávida. Então, Ana Lúcia, não diga que não somos donas de onde vivemos quando tua avó adorada fez dinheiro vendendo tudo o que tinha.

— Aquela casinha nunca foi da vó — falou Ana, com preguiça. — Ninguém nessa comunidade é dono das coisas de verdade.

Berenice não respondeu.

— A vó foi esperta, isso sim — continuou Ana Lúcia, esfregando as mãos e, agora, perto das lágrimas. — Mãe, quase não temos o que comer e eu me sinto muito, muito, muito sozinha. Por favor, pense com carinho. Vamos morar com a vó. É uma boa oportunidade...

Ana parou de falar. Percebeu que a mãe não estava mais presente. Todos os dias eram assim, como se Ana recitasse um monólogo sem ouvintes. Só que ela não tinha mais escolha, precisava assumir um projeto de vida pessoal, porque não havia animais, a colheita não tinha sido boa e Berenice não produzia mais artesanatos para vender. Ana Lúcia não conseguia cuidar das despesas e das dívidas, e a mãe não dava sinais de que reagiria para as obrigações do lar. Célia era a única esperança e foi com o pensamento na avó que ela bateu o copo na mesa, exigindo atenção da mãe.

— Não há comida, mãe. Como você pode ser incapaz de perceber que eu não tenho o que comer?

O silêncio tomou conta do pequeno recinto e, após alguns segundos que mais pareceram horas, Berenice sentenciou:

— Você está com medo.

— Qualquer um no meu lugar sentiria medo.

— O medo preenche o vazio...

— Do que você tá falando?

— É necessário ocupar a mente.

— Ah, chega.

Ana Lúcia bufou e foi para o pequeno quarto. Sem relaxar, ela andava em círculos e, agitada como estava, resolveu encarar a mãe novamente.

— É o meu estômago que tá vazio, não a minha cabeça!

Berenice levou as duas mãos aos olhos, num gesto de esgotamento.

— Não precisa repetir a ladainha, só quero saber como ainda temos comida.

— Não temos.

— Tem no meu prato. Como conseguiu?

Ana Lúcia hesitou, mas colocou para fora:

— Eu pedi, mãe. Na saída pra São Luís tem um botequim com viajantes.

— Antes da baía?

— Isso mesmo. Antes da baía.

— Na estrada?

— É.

— Mendigar no botequim da estrada... Antes da baía.

Berenice emudeceu e, atenta às mudanças faciais da mãe, Ana se adiantou:

— Não tenho vergonha.

A mulher levou as duas mãos ao topo da cabeça.

— Não faça mais isso.

— E você vai comer o quê?

— Não se importe comigo. Cuide de você.

Berenice se levantou da mesa e não fez mais nenhum comentário pelo resto do dia.

*Tentativas teimosas,
não respeitáveis ao tempo,
acatou a vontade das rosas,
silenciando os seus momentos...*

CAPÍTULO 2

Nada mudou depois da conversa franca que Ana Lúcia teve com Berenice. A mãe continuou bebendo e dormindo. Ana Lúcia continuou colocando comida na mesa, graças à caridade de poucas pessoas.

Depois de um tempo, ela escolheu ir sozinha para o Rio de Janeiro. Partiu na madrugada, escondida da mãe. Berenice não entenderia, assim como jamais fez esforço para entender que ela precisava deixar aquelas terras.

Respirando fundo, Ana andava em passos largos pelas ruas maltratadas de Alcântara, consciente de que o amanhecer do dia estava próximo e que não podia se atrasar, porque um antigo amigo de Jeremias — que ajudara Ana Lúcia diversas vezes com mantimentos e trabalhava como caminhoneiro — esperava por ela na rua Silva Maia.

Zé Carlos tinha entrega para fazer na capital do estado do Rio de Janeiro e concedera-lhe carona. Quando o caminhão ligou, pegou a estrada e o vento bateu em seu rosto, Ana Lúcia sentiu que estava viva.

— Tamo chegando, menina — avisou Zé Carlos, depois de mais de um dia de viagem.

Ela sorriu em resposta, fazia meses que não se sentia tão contente, vivenciando um tipo diferente de ansiedade. Como seria reencontrar a avó? Ela tentou localizá-la pelo celular, mas não conseguiu. Por fim, escolhera ir de surpresa.

— Célia vai te encontrar onde? — perguntou Zé, do nada.

— Não consegui falar com ela.

— Mas você sabe como chegar até Jacarezinho?

— Olhei no Google Maps.

Zé Carlos resmungou.

— Qual é o problema? — perguntou Ana, franzindo os olhos.

— Não sei.

Por um momento, Zé Carlos pareceu preocupado.

— Olha, é perigoso entrar na favela sem companhia. Quero dizer... É tua primeira vez no Rio de Janeiro. Então... Temos que achar tua avó porque, no Jacarezinho, mora todo tipo de gente. A Berenice jamais...

— Deixe minha mãe fora disso.

Zé Carlos respirou fundo.

— Aceitei te trazer porque pensei que tua avó estaria de acordo. Todos sabem que as pessoas no

Jacarezinho estão envolvidas com delinquentes e vagabundos.

— Meu pai nunca comentou a respeito — disse Ana Lúcia, refletindo lentamente. — Minha avó não é delinquente ou vagabunda.

— Há poucas exceções como a Célia — concordou Zé, na mesma hora. — E ela não nasceu no Jacarezinho, não é verdade? Pois bem, alguns políticos dizem que a polícia só opera na tentativa de matar ou prender os favelados, mas em minha opinião esses pretos são todos drogados e vagabundos. A ação policial é importante, caramba — afirmou com veemência, dando um soco desnecessário no volante. — Sou preto também e trabalho honestamente.

— Ah, Zé. Não quero ir por aí, sabe... — respondeu Ana, algo entediada.

— Notei mesmo — concordou ele, com a cara amarrada. — Mas saiba que tudo o que fazemos é político. Enfim, voltando ao assunto, tua avó não está de acordo com a visita, é isso? Deve ser por preocupação; mas, então, terei que levá-la de volta, menina. Não vou te largar, ainda mais sem autorização, naquele lugar — falou com firmeza, mantendo-se concentrado na estrada, tanto que buzinara para um Sandero realizar uma ultrapassagem.

— E eu disse que minha avó não estaria de acordo? — retrucou Ana Lúcia.

— Você disse agora há pouco. — Zé buzinou para mais dois carros.

— Eu quis dizer que não consegui marcar o horário do encontro — completou, mentindo. — Não encontrei minha avó, mas ela sabe que chego de viagem hoje.

— Ah, sim. Agora eu entendi. — Em seguida, a voz de Zé Carlos suavizou: — Por um momento pensei que a Célia era contra ou não sabia de nada.

Ana esboçou um sorriso contraído. Sentia-se mal por mentir, mas Zé Carlos demonstrara que não podia conhecer a verdade. Ela não conversou com Célia porque, provavelmente, a avó tinha mudado de número e tal detalhe, por mais importante que fosse, não prejudicaria seus planos. Tinha certeza de que a avó ficaria contente com a surpresa. Sendo assim, Ana mudou de assunto, pedindo que Zé Carlos a deixasse na Lapa, para pegar o metrô, quando chegassem ao Rio.

— Sabe andar naquela coisa?

— Minha vó me preparou bem. — Mais uma mentira.

Ana Lúcia se lembrava do pai contando que o metrô era um trem enorme e subterrâneo, tão rápido quanto uma flecha. Sua curiosidade era grande demais e ela sorria involuntariamente.

Algumas horas depois, Zé Carlos e Ana Lúcia se despediram. Um tanto ansiosa, numa cidade movimentada e desconhecida, Ana consultou o Google Maps diversas vezes antes de embarcar.

Reconhecia-se eufórica, sem parar de analisar cada detalhe do metrô: seus bancos ocupados, o teto, o apoio para mãos e mesmo o barulho de fora que se ouvia, acompanhando seu balançar de pernas. Nada podia dar errado e ela seria feliz.

Em pé, ao lado de uma das portas do vagão, um rapaz de trinta anos puxou conversa com ela.

— É nova por aqui?

— Como sabe?

— Seu jeito. É diferente do povo daqui.

Ele sorriu, fazendo-a sorrir também.

— Então, de onde vem?

— Alcântara.

Ele abriu os olhos, espantado, num movimento de surpresa.

— O que foi? — perguntou Ana, desconfiada.

— É que venho estudando a história do povo de Alcântara para a tese do meu doutorado.

— Tese... Não te entendo. — Ana estava confusa.

— Ah, esquece — riu ele, com certa prepotência. — Mas, basicamente, tenho levantado dados históricos sobre a fundação de Alcântara pelos índios, que posteriormente passou a ser habitada por povos escravizados.

"Deu na mesma", pensou Ana Lúcia. Ele falava sobre Alcântara com a habilidade arrogante de quem jamais deu aula no barracão de uma comunidade pobre.

— As comunidades de Alcântara — continuou, algo maravilhado e fantasioso — são tradicionais e remontam ao passado, numa beleza singular.

— Beleza singular...

Ana Lúcia encarou o rapaz com uma ruga entre as sobrancelhas. Não lhe parecia certo, àquela altura dos acontecimentos, ouvir um estranho falar da vida difícil do seu povo de maneira distante, científica e até mesmo artística. Algo que, para ela, era fácil de lembrar, mas difícil de superar.

— Já esteve lá? — perguntou Ana, tentando soar indiferente.

— Não, não estive.

— E acha que sabe tudo, só por ter lido nos livros?

O rapaz levou a mão aos óculos, endireitando-os no rosto. Parecia pensar no que responder.

— Ninguém sabe de tudo — respondeu ele, por fim, com falsa humildade. — Mas a Constituição Brasileira de 1988 reconheceu o direito dos cidadãos aos seus territórios.

Ana Lúcia queria saltar para fora do metrô. Ela sabia pouco das coisas, muito pouco mesmo, mas sabia que o Brasil era um país sem direitos.

— Ei, vai descer onde?

"Graças a Deus ele mudou de assunto", pensou Ana.

— Perto do Jacarezinho. Minha avó mora lá.

Ana Lúcia não gostou da expressão no rosto do rapaz. O que tinha de tão errado em Jacarezinho? As pessoas pareciam tão exageradas.

— O que foi? — perguntou ela, séria.

— Não é nada — sorriu ele, para descontrair. — É que você precisa descer na próxima parada, em Maria da Graça.

— Ah, sim — concordou ela, apressadamente. — Valeu. Fiquei distraída.

≈≈≈

Sem se mover, como se estivesse presa ao chão, Ana Lúcia só conseguia se lembrar do cartão-postal do Rio de Janeiro com o Cristo Redentor enquanto observava, no alto do morro do Jacarezinho, as diversas ocupações construídas para abrigar famílias pobres e numerosas.

— Cadê o Cristo? — murmurou em voz audível, próxima a uma mulher que fumava um baseado.

— Aquele lá abandonou o Jacaré faz tempo — riu ela, entortando a boca para soprar a fumaça.

O sol estava a pino e a mente de Ana fervia, repleta de perguntas sem respostas.

— Não vejo o Cristo Redentor. Ele estava na foto...

— É bem simples — disse a mulher, com certa ironia. — Esta é a realidade que os cartões-postais não mostram. Mas aproveite, é sem filtro.

— Parece pior que a comunidade em que eu moro.

— Quilombola também?

— Não sei. Meu povo é de Alcântara...

— Ah... Conheci Alcântara — comentou ela, um tanto pensativa. — Bom, tu veio pra um quilombo urbano, garota. Totalmente abandonado pelo governo.

Ana Lúcia só olhou para ela. Havia um menino de dois anos segurando sua mão, quase oculto pela fumaça do baseado.

— É teu filho?

— É — respondeu a mulher, abandonando o sarcasmo. — Mas desembucha, vai, o que quer aqui afinal?

Ana Lúcia suspirou antes de responder. Era melhor não falar sobre a criança que, muito nova, já era fumante passiva.

— Quero achar a minha avó.

A mulher soltou um riso seco.

— Papo mais furado — afirmou, levando as mãos ao bolso do short e retirando um saquinho. — Desta vez é por conta da casa.

Ela deu uma piscadela, olhou para os lados de forma suspeita e se afastou com pressa, puxando a criança pela mão como a uma boneca.

~~~

No período escravocrata, aquela região atravessada pelo rio Jacaré acolhera negros fugitivos e, somente depois de 1920, nasceu ali a comunidade do Jacarezinho. Até aquele momento, Ana não tinha se dado conta de que sua aventura resultara em uma sensação de isolamento ainda maior. É como se não existisse nada além daquele morro. É como se o Cristo Redentor não pudesse ser real, afinal ele não abraçava a todos. Ele existia apenas para atrair turistas, sujar praias e manter os problemas que um dia ainda engoliriam o céu, longe da vista das pessoas.

Ela levantou os olhos vermelhos e lacrimejantes para o morro, sentia uma tristeza imensurável; aquilo era um tapa na cara, comprovando a permanência da escravidão. Os negros eram pobres e discriminados, largados à própria sorte e separados das belezas da cidade carioca. Os cartões-postais do Rio de Janeiro escondiam sangue e dor, ao vender a imagem de uma cidade que, em sua totalidade, não tinha nada de maravilhoso.

Amargurada, Ana se sentou num cantinho, perto de uma molecada jogando bola, e, movida pelo desgosto, começou a degustar da maconha, já que não sabia como bolar um baseado. Ali, ela se lembrou das vezes que o pai viajara para visitar Célia. Jeremias jamais mencionara a carência do lugar em que a mãe vivia, talvez porque a opressão histórica fosse a mesma.

Nesse instante, um menino de treze anos puxou Ana Lúcia pelos cabelos.

— Ei, como conseguiu esse papelote de maconha?

O moleque segurava um facão. Ana não conseguia raciocinar de tanta dor.

— Fala ou corto tua garganta.

— Deixa pra Fênix decidir o que fazer — opinou outro, de dezessete anos, jogando uma bituca de cigarro no chão.

— Puta que pariu, lá vem você mandar em mim, Ruela — respondeu Ettiénne, lançando-lhe um olhar contrariado. — Por que não resolver agora?

— Essa mina parece que veio de longe, não deve saber como as coisas funcionam aqui — respondeu, observando Ana Lúcia com atenção.

Ettiénne soltou Ana, quase sem ar, e confiscou a maconha.

— É da boa — avaliou, com segurança. — É melhor contar logo quem é o fornecedor.

Ana Lúcia tentou ajeitar os cabelos com as mãos antes de responder. Sua percepção estava alterada.

— Vocês são pirados, não tenho fornecedor. Uma mulher que me deu. Não moro aqui.

Ana Lúcia se perguntava agora por que o pai jamais mencionou que, além da pobreza, o lugar era perigosíssimo. A opressão histórica sem dúvida era a mesma, mas a falta de esperança e violência no Rio de Janeiro era muito maior.

— De graça?

— Não entendi.

— A vagabunda... — recomeçou Ettiénne, fingindo paciência. — Ela forneceu o papelote de graça?

Ana assentiu, devagar. Que porra de vida, pensava.

— Como ela era? — perguntou Ruela.

— A mulher fumava. Fumava até demais. E saía fumaça da boca dela — Ana completou, sem necessidade, e sentiu vontade de rir, mas conseguiu se controlar. — Não vi o rosto dela direito, só sei que não estava sozinha. Tinha um filho pequeno. Acho errado fumar perto de criança...

Ruela e Ettiénne se olharam.

— Você vai ter que vir com a gente — decidiu Ruela.

"Cheguei na favela: eu não acho jeito de dizer que cheguei em casa. Casa é casa. Barracão é barracão. O barraco tanto no interior como no exterior estava sujo. E aquela desordem aborreceu-me. Fitei o quintal, o lixo podre exalava mal cheiro."

(Quarto de despejo: diário de uma favelada, Carolina Maria de Jesus)

CAPÍTULO 3

Após passar por vários corredores estreitos do morro, sempre com a sensação de que adentrava as entranhas do Jacarezinho, pouco acessível até para muitos moradores, Ana Lúcia obteve a certeza de que, mesmo se livrando de Ruela e Ettiénne, dificilmente encontraria a saída sem ajuda. E também sem levar um tiro. Observava que ali era comum garoto armado com fuzil.

Ana sentia tanto medo que não conseguia raciocinar. A maconha também não ajudava, contribuindo para uma série de pensamentos desorganizados e intensos. Naquele instante, julgava impossível que a avó estivesse no Jacarezinho e também achava que cuidar da mãe alcoólatra era carma. Ela quis fugir desse carma e terminou arrastada por dois bandidos em vielas obscuras e escadarias inclinadas. Mais uma vez, Ana Lúcia pensou no Cristo Redentor. Não subia o morro para vê-lo.

— O que fui fazer? — desabafou, em voz alta, desesperada.

— Tudo bem aí? — questionou Ettiénne, franzindo a testa.

— Cuidado, *brother* — alertou Ruela, seu olhar fixo em Ana. — Não confia em mulher, não.

O sentimento de raiva ganhou espaço, tomando conta dela. Ana se sentiu ofendida e irritada, com vontade de encher o magrelo do Ruela de socos e mais socos. Talvez a violência no morro fosse contagiosa.

— Teu amigo não gosta de mulher? — perguntou ela para Ettiénne, num ato de coragem e insanidade.

Ruela empacou no chão, sem dar mais um passo. Ana conseguiu ofendê-lo.

— A brisa bateu forte, mina? — perguntou Ettiénne rindo, o rosto expressando um misto de hilaridade e curiosidade.

— Não preciso de maconha para enxergar o óbvio — disparou Ana Lúcia, maldosamente.

— Chega — ordenou Ruela, com gravidade, só que em voz baixa.

Ana Lúcia caiu na risada, de repente aquilo pareceu misteriosamente engraçado e ela soltou um grito de alegria, com os olhos marejados de lágrimas. Ettiénne apreciava Ana rir com um sorriso, mas Ruela crispou os lábios.

— Chega! — alterou a voz, com maior severidade.

Ana Lúcia olhava Ruela fixamente e ria mais, mais e mais. Irritado com aquela risada e acreditando que a menina o fazia de bobo, ele avançou para cima dela, mas foi bloqueado por Ettiénne.

— Tá maluco, irmão? — O riso sumira de seus lábios. — Estamos perto do barraco da Fênix!

— Posso saber o que eu tenho a ver com essa tal de Fênix? — perguntou Ana Lúcia, com frieza, enxugando as lágrimas de uma alegria que não sentia mais.

— O nome dela é Fênix Nêga — disse Ruela, entredentes.

— O "poder do *black*" — acrescentou Ettiénne, com orgulho.

— Fênix é para os íntimos.

— Você não é íntima.

— Respondendo à tua pergunta — Ruela levantou a voz, com certa autoridade —, a vagabunda que te deu maconha invadiu o território da Fênix e... Puta merda!

Ele se jogou sobre Ana Lúcia, tentando protegê-la com a tampa de uma grande lata de lixo; um helicóptero de combate sobrevoara suas cabeças, com atiradores da polícia a bordo, disparando para tudo quanto é lado. Ouviam-se, também, disparos de traficantes, em resposta. Ana Lúcia, apavorada, abandonou o resto de prudência que lhe restava e começou a gritar:

— SOCORRO! SOCORRO! SOCORRO, POLÍCIA! SOCORRO! POLÍCIA!

Seguindo o som dos berros de Ana Lúcia, um soldado da Nêga conhecido como Tito surgiu pelo beco e avisou que o foco dos atiradores não abrangia os territórios da Fênix. Comentou, então, que ouvira os gritos de Ana Lúcia em uma das fronteiras do traficante Jurandir.

— Essa mina precisa calar a boca ou vai foder tudo. Eles não entraram no Jacarezinho só pelo céu, estão metendo o caveirão pra cima da gente.

— Bando de filho da puta — murmurou Ruela, molhado de suor.

— Amarra a boca dessa garota se ela fizer outro escândalo — aconselhou Tito. — Vou pro meu barraco. Tomem cuidado, irmãos.

— Merda — lamentou Ettiénne, que tentava conter Ana Lúcia com a ajuda de Ruela. — A Fênix ordenou que fizéssemos patrulha hoje. Não podemos ir pras nossas casas.

Ruela afrouxou um pouco e foi empurrado por Ana Lúcia, com ferocidade. Ela voltou a berrar pela ajuda da polícia e ele se viu obrigado a sacudi-la com força.

— Fique quieta, porra! — berrou, tampando a boca de Ana Lúcia logo em seguida. Sentia-se um ogro por agir daquela maneira. — Por favor, escute —

pediu, abrandando o tom de voz. Ela precisava entender, cacete. — Mina, você não pode chamar pela polícia aqui. Não vê os tiros do helicóptero, assustando os moradores? Eles não ligam para nós, eles não são como nós!

Ela lançou a Ruela um olhar inexpressivo.

— Vou afastar minha mão, mas, por tudo que lhe é mais sagrado, não grite novamente. É sério, mina. Podemos evitar uma chacina. O morro tá cansado de sangrar todos os dias por causa desse bando de filho da puta.

Eles ouviram uma explosão longe dali.

— Granada — murmurou Ruela, assustado.

Alguma coisa no olhar de Ruela, ou em suas palavras, fez com que Ana Lúcia assentisse com a cabeça, concordando em não gritar. Ele retirou a mão e ela se virou para olhar e tocar o próprio braço, vermelho e marcado pelas mãos de Ruela. Ana tinha lágrimas descendo pelo rosto e o corpo sacudindo em tremores. Ruela observou seu descontrole nervoso e sentiu vontade de abraçá-la, mas, além de repudiá-lo, ela poderia recomeçar a gritar — Gente, chegamos — avisou Ettiénne, olhando por sobre os ombros, com um suspiro de alívio.

~~~

Quando eles entraram no barraco, a Fênix comia um sanduíche, desses gordurosos e cheios de queijo. Esquisita e sem se virar para cumprimentá-los, ela estava diante de uma TV e não ofereceu nada a eles, nem água.

— Então — ela pigarreou, permanecendo de costas —, vocês precisam fazer a patrulha. Essa é a ordem final. Não estão aqui pra questionar isso, né?

— Não.

— Então quero acreditar que seja sobre a Shirley.

— Sim. O lance é em relação a ela.

— E o menino?

— Estava com ela.

— Caralho. Tomara que ela tenha sorte desta vez. Preciso da criança viva.

Aquela voz era tão familiar que fez o coração de Ana Lúcia disparar. Seria possível sua avó estar naquele barraco? Motivada pela intuição, Ana sentiu curiosidade e tentou se aproximar da Fênix, porém Ettiénne, desejando apenas impressionar a chefa, avançou com rapidez e a agarrou por trás, com o facão comprimindo sua garganta. Foi tudo muito rápido.

— Opa! Calma aí, calma aí. Não dê mais um passo, docinho. A poderosa chefona virá até você.

A Fênix finalmente olhou para trás e deu um berro aterrorizante, que fez todos pularem de susto.

— Solte a minha neta, imbecil!

Em questão de segundos, Célia apontou uma arma para Ettiénne e, sem nenhum sinal de hesitação, apertou o gatilho, descartando-o, para sempre, com uma bala na cabeça.

Tudo aconteceu em menos de dez segundos. O berro, o tiro e o sentimento de impotência que dominou Ruela, prendendo-o no chão como um objeto inanimado. Ana Lúcia desmaiou. Sua avó era a Fênix Nêga que os bandidos endeusavam.

— Ruela — murmurou Célia, com voz calma —, embrulhe-o como a um presunto e largue num beco, se quiser. Não terá importância alguma para ninguém quando o encontrarem.

— Não é melhor levar o corpo pra mãe dele? — perguntou, ainda em choque, levando uma das mãos ao rosto, sujo com o sangue que respingara.

— Faça o que quiser, caralho. Esse pivete não tinha futuro nenhum morando aqui com nome gringo — afirmou, sem necessidade.

— Ele queria te proteger, te impressionar. Mostrar serviço.

— Por que tá dizendo isso?

— Porque ele foi leal.

— Está me chamando de injusta?

Ruela não respondeu.

— Eu poderia dar um tiro no seu pinto, moleque, e não aconteceria nada porque eu não devo explicações a ninguém.

Ruela engoliu em seco.

— Desculpe. A gente não sabia que a mina era tua neta — respondeu maquinalmente, sem encará-la nos olhos.

— Ela é minha neta. Minha propriedade. Ficou claro?

Célia direcionou o olhar para Ana Lúcia, ainda desmaiada, e alisou seus cabelos com adoração, não demonstrando sentimento algum pelo jovem morto. Nem ao menos parecia vê-lo.

— Viu as marcas no braço dela? — perguntou, levantando os olhos para Ruela.

Ruela se viu forçado à troca de olhares, confirmando com um gesto mudo. Lá fora, ouvia-se outra explosão.

— Teu amigo era um covarde — seu tom de voz era cortante e logo ela começou a violar os bolsos de Ettiénne, como quem procura quinquilharias numa gaveta. — Ele ainda teve a capacidade de... Ah, não — disse ela, sem concluir a linha de raciocínio, enfurecida por encontrar a erva. — O filho da puta estava me roubando.

Ruela não conseguia dizer nada; recordava-se dos momentos vividos com o amigo, de quando vendia bala de goma, canudinho com doce de leite e também quando procurava recicláveis para vender. Trabalhava muito para ganhar pouco e ainda era rotulado de vagabundo. Ruela foi sonhador, mas logo descobriu que sonhar, inclusive no sentido literal da palavra, sem pesadelos ou preocupações, era coisa de *playba* da Zona Sul, aquele que é usuário e então colabora com a propagação do tráfico na favela.

E aí surgem os homens da farda, que cometem crime de extorsão e intimidam a população com helicópteros e carros blindados. Executam pessoas, confiscam cocaína e outras drogas com o discurso vago de enfraquecer o tráfico nas comunidades, mas o poder público não realiza intervenções na fonte dos problemas. Não investe na saúde, na educação de qualidade e no amadurecimento do indivíduo como ser humano em sociedade.

Com esse massacre, talvez nem mesmo "O Pagode da Disciplina" tenha sobrevivido. É necessário frisar a importância de uma produção cultural nas favelas e periferias e de um projeto social disciplinar onde a rua se torne o lazer, já que é o único espaço de convivência possível. As intervenções deveriam ser com professores — e não com soldados.

José Bonifácio, conhecido como Ruela, foi revistado por soldados ainda bebê, no colo de sua mãe. Procuravam drogas na fralda. A existência de Ruela é o testemunho real de quem tem direitos violados por ser favelado e descendente de escravizados. No início da adolescência, quando vendia canudinho com doce de leite, um guarda jogou tudo no chão e pisou. Disse que ele não podia vender sua porcaria no sinal de trânsito. Que aquele trabalho era ilegal para a sua idade e que puniria seus pais. Ruela sentiu vontade de protestar, de chorar, mas escolheu sair correndo e engolir a revolta. Ele não era ninguém, não podia reagir.

Trabalhar com a Nêga pode ter sido uma escolha errada, mas foi através dela que ele se sentiu alguém, pela primeira vez, em sua vida miserável. Porém, o assassinato do amigo, tão frio e brutal, sacudiu Ruela. Mudou tudo. Ettiénne seguiu seus passos e ele não o impediu, por acreditar que a Fênix Nêga era o símbolo que os representava.

Para ajudar a família, Ettiénne aceitou ser olheiro, fogueteiro e, sempre com Ruela, vigiava os pontos de droga. Aos poucos, vinha participando da segurança dos traficantes em dias de contenção na comunidade. Eles cometeram crimes juntos — e alguns, com a aquiescência da polícia. Ruela se lembra, inclusive, da primeira vez que tratou com o pessoal da farda de igual para igual. Igual para igual, não. Quase. Os soldados se vestem de superioridade e os traficantes de inferioridade. Não se trata apenas da roupa, mas de várias vivências que marcam toda uma vida.

Vale lembrar que existe cumplicidade entre soldados e traficantes. É verdade que nem todos os soldados são corruptos, assim como nem todos os moradores do Jacarezinho estão envolvidos com o tráfico. Mas a corrupção está em todos os lugares, e na polícia não seria diferente; ainda mais quando é adepta ao tratamento desigual e age à margem da lei, sendo esta a verdade que muitos ignoram. Muitos policiais são coniventes com o tráfico.

— Essas marcas no braço... — voltou a lamentar o machucado de Ana Lúcia. — Você presenciou teu amigo bater na minha neta? Desgraçado...

Ruela foi arrastado para o presente, esquecendo temporariamente a revolta, o ódio e a dor, adotando então uma expressão que ocultava seus sentimentos verdadeiros.

— Vou levar Ettiénne — foi só o que conseguiu dizer, pois precisava deixar a cena do crime e pensar em algo para salvar a própria pele. Ele feriu

Ana Lúcia e ela provavelmente diria a verdade. — Depois retorno, pra falarmos sobre a Shirley.

— Se não voltar, vou concluir que também bateu as botas — falou, friamente.

A importância da produção cultural "Pagode na Disciplina", nas periferias e favelas, é contraponto ao racismo e ao sistêmico empobrecimento desses territórios, abordando também a questão de gênero, colocando luz no papel das mulheres como sambistas ou como estrategistas e articuladoras do bairro.

CAPÍTULO 4

Ruela subia por escadas estreitas, carregando o corpo de Ettiénne em suas costas. Ele cambaleava sob o peso do corpo inerte do amigo, continuando a subida com dificuldade; mas não desistiria de carregá-lo, em reconhecimento pelo melhor amigo que tivera. Ruela sentia tanto ódio por aquela injustiça toda, que ocupava a mente com pensamentos terríveis contra a Fênix. Desejava, com fervor, vingar a morte de Ettiénne.

Ele jamais abandonaria o corpo do amigo num beco, como a velha sugerira, mas agora não se sentia inclinado a procurar pela mãe do rapaz. A simples ideia era aterrorizante demais por reconhecer sua influência na vida que Ettiénne levava. Não tinha coragem de olhar Genoveva nos olhos.

A cabeça de Ruela zumbia, desesperadamente, porque o tiroteio no Jacarezinho parecia não acabar nunca. Ruela mal se sustentava nas pernas, quando se lembrou de que estava muito perto do barraco de Juca Caju.

O acesso ao local era difícil e Ruela precisava se disfarçar na penumbra, especialmente quando via algum guarda, mas alcançou o barraco, num beco sinistro, após mais alguns minutos. Começou a bater na porta, evitando gritar, mas identificando-se em voz baixa. Do outro lado da porta, ele escutou um movimento de arma e acabou elevando a voz um pouco mais.

— Ettiénne está morto!

Silêncio. A porta permanecia fechada.

— É sério, cara. — Lágrimas ardentes, represadas desde o assassinato do amigo, escorreram por suas bochechas. — Tô com o corpo dele aqui. Não sei o que fazer com essa merda toda.

E chorou, chorou muito. O barraco do Juca talvez fosse a última esperança para sua alma ferida.

Juca abriu a porta e seu olhar recaiu sobre o corpo sem vida de Ettiénne.

— Tá morto há quantas horas?

— Não sei — fungou Ruela. — Já tem um tempo.

— E tu não atingiu nenhum deles?

— Foi a Fênix que atirou no Ettiénne. Não a polícia.

Juca estremeceu, sem nada falar.

— Qual é? — perguntou Ruela, revoltando-se. — Não tem nada a dizer?

— Qual foi o motivo dela?

— Qual foi o motivo dela? — repetiu a pergunta, chocado. — Você não pode estar falando sério! — Ruela balançou a cabeça, em tom de descrença.

— Por qual razão ela o matou? — Juca voltou a perguntar.

— Por razão nenhuma, porra! — Ruela se descontrolou. — A vaca não deu a ele nem o benefício da dúvida antes de atirar!

Juca e Ruela trocaram olhares. O silêncio entre eles crescia, feito massa de pão caseiro.

— Irmão, ouça porque eu não vou repetir — afirmou Juca, parecendo bastante abalado, mais do que Ruela supunha. — Não existe justiça em lugar nenhum, tá ligado? Muito menos na favela. E não posso deixar você entrar na minha casa. Sinto muito.

Ruela ficou mais atordoado do que nunca.

— É pela minha própria segurança, cara. Não quero ser morto — justificou Juca, notando o olhar de Ruela, um misto de dor e contrariedade.

— Mas você não trabalha mais pra ela.

— Sempre estarei preso a ela. Será que não entende? A morte do Ettiénne não te diz nada?

— Diz muito mais do que você é capaz de imaginar — respondeu ele, alterando a voz.

— Então fique na sua se não quiser virar um cadáver.

Ruela fixou seus olhos brilhantes nos de Juca.

— O garoto só tinha treze anos.

— É preciso ser frio nessas horas.

— Caramba, não te reconheço mais.

Juca, alto e forte, olhou para Ruela. Poderia destruí-lo com um soco, mas não disse nada. Parecia triste.

— Certo — começou Ruela, recalculando os pensamentos —, quando os guardas se forem, leve Ettiénne pra perto do barraco da Genoveva, mãe dele. Se alguém perguntar algo, não diga nada sobre a Fênix.

Juca pareceu considerar e então perguntou:

— Só isso?

— Não posso lhe pedir mais nada, posso? — afirmou em resposta, com um sorriso duro.

— Finalmente entendeu o espírito da coisa, irmão — concordou Juca, com verdadeiro pesar.

— Tenho que voltar pra merda do barraco dela.

Mais algumas palavras e Ruela deixou o barraco de Juca, sentindo-se quase esmagado, no chão, pelo peso dos problemas.

É uma estranheza tamanha,
que não consigo entender,
um sentir que a mim acanha,
que meu desejo é esquecer.
Uma partida ligeira,
por vezes querendo voltar,
um tempo sem eira nem beira
que titubeia, ir ou ficar...

CAPÍTULO 5

Ana Lúcia abriu os olhos e se sentiu vazia. Sua avó apertou o gatilho para matar. Matar. Ana enxergava muito bem, mas nada fazia sentido, simplesmente nada. Célia não podia ser criminosa, mas ela estava ali, de costas para Ana, assistindo à televisão, como se não houvesse respingos de sangue espalhados pela parede e pelo chão.

Ana moveu-se devagar, com dores no corpo devido à queda e com a cabeça fervilhando, pela decepção e pelo medo. O sangue de Ettiénne também respingara nela. Nada naquela casa pobre era ilusão visual ou auditiva. Sua avó Célia era a tal Fênix, mulher do coração de gelo.

Ana tentou se mover mais um pouco, mas desistiu. Além da dor, ela sentia medo, muito medo da avó. Foi quando bateram na porta e, com um estranho sentimento de alívio, Ana Lúcia reconheceu a voz de Ruela.

Com a voz elevada, a Fênix autorizou a entrada do rapaz, permanecendo diante da televisão, sem olhar para trás. Ele entrou e enxergou Ana acordada, que logo fez um sinal para que ele ficasse calado.

Ruela estava de pé, sem saber o que fazer ou dizer, com as mãos apoiadas no encosto do sofá. Sentia sono, sentia ódio, sentia dor. Mais parecia um soldadinho de chumbo, simples brinquedo nas mãos de uma mulher cruel e sem sentimentos. O "poder do *black*". Uma piada ingênua.

A Fênix se esticou no sofá e acendeu um cigarro, virando-se para Ruela com um sorriso brincalhão, nos lábios, e a fumaça acompanhando o mesmo ritmo.

— Largou o corpo na calçada?

Ruela mudou de postura, buscando pelo autocontrole que lhe escapava pouco a pouco.

— Sim. Perto do barraco da mãe dele.

A Fênix riu alto e Ruela sentiu Ana Lúcia tremendo no chão.

— Não teve coragem, né?

— Coragem de quê? — Ruela apertou a pouca espuma do sofá com as mãos.

— De encarar a mãe de Ettiénne.

— Por que não teria? — "Seja frio", pensava ele.

— Você sabe muito bem por quê. Foi mais fácil passar pelo fogo cruzado do que enfrentar a Genoveva. Aliás, está de parabéns. Saiu do caos sem nenhum arranhão. Juro que te imaginei morto.

Os olhos de Ruela arderam em fogo e Ana Lúcia, talvez para evitar outra morte, chamou pela avó.

— Ana Lúcia? — Célia sorriu, com afetação. — Minha neta querida — disse ela, contornando o sofá e agarrando a menina, que permanecia estirada no chão, num abraço forçado.

O rapaz balançou a cabeça, sorrindo ironicamente. Para quem demonstrava tanto carinho pela neta, era bizarro que a Fênix continuasse com a cara grudada na tela da televisão, depois do desmaio da garota.

Ele inclinou o corpo magro para frente, com o desejo de falar honestamente com Ana Lúcia.

— Peço perdão, de verdade. Não sabia quem tu era — murmurou.

— E quem eu sou?

— A princesa deste império — respondeu Célia, convicta.

— Império?

— Sim, o império da Fênix Nêga.

Ana Lúcia não tirou os olhos da avó. Procurava um sinal de sanidade, um sinal da Célia que conheceu em Alcântara. Império de quê? De mortes, de tráficos e de um barracão caindo aos pedaços? Aquela mulher parecia uma doida varrida e não a sua avó.

— Vó — disse com a fala entrecortada. — Por que atirou no menino?

Célia ficou sem palavras por poucos segundos, mas Ana e Ruela viram, sem sombra de dúvidas, que uma cortina negra cobrira seus olhos instantaneamente.

— Que ofensa gratuita, minha neta. O pequeno marginal te agarrou com um facão. Você está com marcas no braço. Não se engane pela idade. Ettiénne não era indefeso.

Ana Lúcia aquiesceu, mesmo sem concordar. Ela sabia que o menino de treze anos só queria impressionar a mulher que idolatrava e ele não machucara seu braço.

— É verdade — disse Ana, chorando muito.

— Regra número um: você não ganha respeito alisando ninguém.

— Verdade — repetiu Ana, como um robô programado.

Naquele momento, qualquer observador mais atento perceberia que ela discordava da Fênix. Ana chorava pela situação horrorosa ao redor deles. Ruela estava grato por ela não o entregar.

Por fim, ele se pronunciou:

— Preciso ir pro meu barraco. — Ele viu, no semblante de Ana, que ela desejava ir com ele. — Amanhã estarei aqui. Posso mostrar os territórios pra sua neta.

— Obrigada, Ruela, pela iniciativa. Faça isso. O restante eu explicarei. Um dia ela ocupará o meu lugar.

Ana Lúcia engoliu em seco.

— Não veio aqui pra uma visita, não é? — perguntou Célia, com uma voz estranhamente suave.

— Não — Ana Lúcia tentava ocultar o horror que sentia. — Eu quero que me ensine tudo. Tudo mesmo, vó.

E, agora olhando para Ruela, disse:

— Até amanhã. — Havia um tom de súplica naquele olhar.

— Até — devolveu, tentando confortá-la com os olhos.

Antes de sair, ele ouviu: "Finalmente você abandonou a fraca da Berenice...".

Ninguém procura se colocar no lugar do outro, preferem sair atropelando a julgar, sem nada saber. A dor que se experimenta pode ser da mesma razão, mas em cada um, o que se sente é diferente da reação que se tem, suportável ou não.

CAPÍTULO 6

Era dia. Ana Lúcia levantou-se da cama e seguiu para a cozinha, ouvindo vozes na sala.

— Eles reviraram o barraco da Sônia em busca de crack.

— Também mataram um garoto na frente dela.

— Uma chacina.

— Tem sangue derramado por toda a comunidade.

— Aqui também, cacete — comentou um rapaz, ao tocar uma mancha de sangue na parede. — Tá recente. Eles estiveram no seu barraco, Nêga?

— Sim.

— Filhos da puta. Quem eles feriram?

— Eles mataram um sujeito que trouxeram pra saber se eu conhecia. — Ana Lúcia ouvia tudo, com a certeza de que a avó era uma mentirosa compulsiva. — Nunca vi o cara e os guardas atiraram nele. Fim da história.

— Não entendo uma coisa, Fênix — interveio o traficante Jurandir —, eles invadem a comunidade disparando, usam de força bruta pra violar nossas casas, tratam a gente como bicho e, exclusivamente no seu caso, trouxeram um homem até aqui só pra saber se você o conhecia. É estranho.

Houve um murmúrio em concordância. Célia acendeu um cigarro:

— Seja mais objetivo, Jurandir, pois cada caso é um caso. Trazer o homem e matá-lo foi uma escolha deles.

— Por qual razão eles subiriam até o seu barraco com um suspeito? Por que não facilitar as coisas e ir embora? Por que te deixaram viva? O banho de sangue foi grande demais e tudo indica que não temos mais parceria com a polícia.

— Você fez três perguntas e possuo resposta apenas pra uma.

— Então diga.

— Sou "o poder do *black*". Eles não foram homens pra fazer qualquer coisa contra mim, mesmo eu não tendo um cacho de banana no meio das pernas.

Houve risinhos por toda a sala.

— Isso não responde o porquê de eles subirem tão alto com um suspeito até a sua casa. Será que você tem um pacto diferente com eles? Será que você caguetou um dos nossos? Será que você não é uma X9 entre nós?

— X9? — ela repetiu, com uma risada de escárnio. — Não entendo suas análises, Jurandir, mas afirmo que ser meu amigo é mais seguro do que não ser.

Jurandir resmungou, percebendo a ameaça.

— Reconheço tua jogada como brilhante e lucrativa, mas não vai dar certo por muito tempo. Eles não são confiáveis.

— Nós também não somos. Sabemos disso.

Jurandir ficou calado e, por um momento, pareceu que desejava desabar no sofá. Aquele silêncio durou dez ou treze segundos, mas, finalmente, ele assentiu levemente com a cabeça.

— Eles vieram vestidos pra uma guerra — comentou Célia, como quem narra um incidente normal do cotidiano.

— Para o pesadelo de muitas das nossas famílias — acrescentou Jurandir, com uma expressão de dor no rosto.

Foi com desconfiança que eles deixaram o barraco. Célia se virou para sentar no sofá e deu de cara com a neta.

— Por que mentiu?

— Vejo que se recuperou.

— Não mude de assunto.

Célia apenas escrutou-lhe o rosto e tragou o cigarro.

— A operação no Jacarezinho não chegou até aqui — continuou Ana Lúcia, pálida como um fantasma. — Aquele sangue foi do assassinato que você cometeu.

Célia respirou fundo.

— Não posso dizer por aí que dei cabo em gente do meu lado.

Ana Lúcia suspirou.

— Eles não acreditaram em você. Pelo menos um território daquele tal de Jurandir foi atacado. Ouvi algo ontem, antes de chegar até aqui.

— Olhe só você... — admirou Célia — já mencionando territórios vizinhos.

Ana Lúcia negou com a cabeça.

— Vó, eles não acreditaram em você.

— Problema deles — respondeu Célia, apagando o cigarro no cinzeiro. — Matei um dos meus pra te defender.

Ana Lúcia teve a sensação de levar um golpe na boca do estômago.

— Não sou culpada pela morte do Ettiénne — disse, com lágrimas subindo-lhe aos olhos.

— Depende do ponto de vista. Já expliquei meus motivos.

— Não pedi por isso...

— Mas foi preciso — Célia levantou-se do sofá e se aproximou de Ana Lúcia. — Até quando vai defender bandido?

Ela ficou muda. A própria avó era bandida. Ettiénne trabalhava para ela. Sentindo que sua cabeça ia explodir com tanta informação horrível, Ana fez um pedido inusitado:

— Preciso fumar um baseado. Tenho que me acalmar.

— Nem em pensamento.

Ana riu, incrédula.

— É por mim ou pelo dinheiro?

— Pelos dois.

— Quê?

— Ninguém constrói império fumando ou cheirando.

Ana Lúcia levou as mãos ao rosto. Seu desejo era gritar. A preocupação da avó era com os negócios. Queria mantê-la longe das drogas por essa razão.

— Pra você é normal vender droga? — perguntou, cruzando os braços.

— Cada um se vira como pode.

— Mas você se mantém longe do que vende.

— Sem a menor dúvida.

— Ah, vá pra merda, vó! Olha o que a senhora tá falando! Você nem ao menos conhece as pessoas pra quem vende...

— Gente fraca.

— Pessoas que talvez não suportem essas merdas...

— Eu não procuro essa gente. — Célia olhou Ana com altivez, parecia estar de saco cheio. — Eles escolheram esse caminho por serem burros. E eu aproveito, porque não sou imbecil.

— Você explora a fragilidade das pessoas...

— Agora vai defender drogado também?

— Não, mas... É que eu tinha uma imagem totalmente diferente da senhora.

— Coisas de adolescente. Logo você supera.

A vontade de Ana Lúcia era de agredir a mulher em quem depositou todas as suas esperanças, mas agora, sem nenhuma dúvida, ela estava só, condenada a conviver naquele barraco decrépito que sua alucinada avó tinha como parte de um império.

Pouco tempo depois, Ana ouviu passos atrás da porta e seu coração disparou. Mas, no silêncio que se seguiu, logo seu coração se acalmou. Ruela havia chegado para lhe mostrar o território da Fênix.

~~~

Eles desciam por uma longa escada e, na curva dela, uma mulher chorava com as mãos no rosto. Logo depois novos ruídos de dor surgiram, como se a comunidade fosse uma orgia de sons que sufocava a alma.

— Olha a hora da última mensagem que ele me enviou no WhatsApp — gritava uma mulher, com o celular nas mãos.

— Meu filho disse que se entregaria por volta desse mesmo horário, mas não sabemos mais dele. Enviei muitas mensagens e nada — chorava um homem.

— Nós somos gente, não animais! — esbravejava outro.

Ruela observou que Ana Lúcia estava tensa e se sentia dilacerado demais para ajudá-la.

Após mostrar a Ana todo o território da Fênix e descobrir, milagrosamente, que todos do bando estavam vivos, Ruela desejou ir para o seu barraco, chorar. Sentia sua cabeça doer porque não tinha dormido depois da morte do melhor amigo. Também não dormira por causa do massacre. Por causa dos gritos e do tropel de passos pelo morro.

Ele observava a favela e não se lembrava de outra operação tão sangrenta e com tantas vítimas. Quarenta mil moradores foram transformados em reféns, agachados em cantos de parede e também nas ruelas obscurecidas, tremendo dos pés à cabeça. Algo naquilo se assemelhava ao lixo arrastado por vassouras, dentro de uma linguagem triste e simbólica. Como reduzir o ser humano ao máximo da exploração emocional e psicológica? Os guardas queriam limpar o morro, não importava como.

É comum o tiroteio nas favelas, todos sabem, mas a violência piorara, com a polícia se comportando igual ou talvez até pior que os suspeitos. Fogo com fuzil, granadas, rajadas dos helicópteros. Tudo aquilo era demais porque, ao contrário do que prega a falta de informação, nem todos no Jacarezinho são traficantes e as operações também são responsáveis pelas mortes de muitos inocentes.

Depois dos tiros incessantes, depois dos suspeitos fugirem pelos telhados e becos, depois dos muitos negros encontrados sem vida em diferentes pontos da favela, o corpo do jovem Ettiénne também foi reconhecido e a sua mãe acreditava, num uivo desesperado, que ele morrera no massacre. Nada no mundo doía mais na alma de Ruela.

— Ei... Perdeu a voz?

Era Ana Lúcia, convocando a atenção que Ruela não queria dar no momento.

Ele parou por um instante, olhou Ana de soslaio e afirmou:

— Sou culpado, mina — desabafou ele, sentando na guia de uma calçada úmida e mofada. — Meu amigo morreu por minha culpa.

— Ela é a culpada, não você — argumentou Ana Lúcia, sentando-se ao lado dele.

— Sou mais velho que Ettiénne — sussurrou, com o tom de voz carregado. — Levei meu amigo pra essa vida.

— Ele escolheu te acompanhar.

Ruela balançou a cabeça, sem concordar com Ana.

— Minha avó usa as pessoas — afirmou ela, enojada.

— Ela não é a única no mundo...

— Conhece alguém pior?

— A escravidão não acabou. Muito menos o preconceito. — Ruela esfregou o rosto com as mãos. Desandara a falar. — Detesto ser visado no supermercado por causa da cor da minha pele.

Ana Lúcia não tinha palavras; virou o rosto para o outro lado, seu olhar era distante.

— Tudo isso é sobre a cor e nada mais. Veja as pessoas, como nós, assassinadas e mutiladas. Essa gente tinha família. São vidas que importam.

Ruela tremia de raiva, mas continuou:

— Agora pense que, neste mesmo momento de dor, no Galeão, há turistas do mundo inteiro chegando aqui pra conhecer a Cidade Maravilhosa. — Ele cuspiu no chão. — *Black Lives Matter*. A tentativa até que é boa.

Uma lágrima desceu por sua bochecha suja de fuligem. Ana fez um movimento para abraçá-lo, mas Ruela recuou em seguida.

— Foi só um cisco.

Ana Lúcia então apertou a mão dele, não muito forte, mas o suficiente para que ele não se sentisse sozinho.

— Perto do Cristo Redentor somos invisíveis...

— Uma estátua é mais importante — concordou ele.

— A mulher que me deu a maconha disse uma verdade.

Ruela olhou para ela com atenção.

— O Cristo abandonou isso aqui faz tempo.

Ruela franziu o cenho, pensativo.

— Acredita que Shirley se referia ao Cristo de verdade?

— E a quem mais seria?

Ruela fechou a cara.

— Aquela mulher está enganada — afirmou, olhando fixamente nos olhos de Ana e apertando a mão dela, retribuindo o gesto. — Estamos vivos.

— E quem morreu?

Ruela respirou fundo, sem nada acrescentar. Era cristão. Não conseguia entender ou explicar por que ainda não deixara de ser. Para ele, não era uma simples escolha. Ele crescera numa família cristã.

— Minha avó é uma sem coração, com privilégios neste morro maldito.

Ana Lúcia refletiu um pouco e perguntou:

— Por que o Cristo deixou-a viver?

Ruela deu de ombros, sem responder, e eles continuaram sentados.

— Ela não é melhor que Ettiénne — Ana Lúcia voltou ao assunto.

— Também não sou melhor do que ele — disse Ruela, com convicção. — Mas tem que existir algo, não acha?

Ana Lúcia murmurou que sim.

— É estranho não haver baixas no bando dela, exceto a de Ettiénne, que sabemos que não morreu na chacina.

— Todo o pessoal estava em suas casas. A Fênix ordenou que somente eu e Ettiénne fizéssemos a patrulha do dia.

— Por quê?

— Não sei. Escolha dela.

— Isso já aconteceu antes?

Ruela ficou quieto por um tempo.

— Não que eu me lembre.

Ana Lúcia se calou. Estranhava somente dois do bando circulando pela comunidade, e começava a pensar na conversa que ouvira na sala de sua avó. Aqueles homens só faltaram acusar Célia de possuir um empreendimento com a polícia. E o bombardeio realmente não chegou à área da Fênix, não apenas em sua casa, mas também nos territórios.

— Ruela? — chamou, observando que ele permanecia distante.

— Desculpa. Estou com a cabeça cheia, mas pode falar.

— Não é estranho que muitos traficantes dos outros bandos tenham sido executados, quando ninguém do grupo da minha avó passou pelo mesmo?

— Você já disse isso, é coincidência...

— E se não for?

— Aí você estaria insinuando que ela aguardou que fôssemos na casa dela para matar meu amigo. Improvável.

Um minuto depois, Ana Lúcia foi direto ao ponto.

— Não acredito que "isso" fazia parte do plano, mas ela soube usar a morte dele muito bem. Acho que ela arriscou descartar vocês na chacina pra não levantar suspeitas entre traficantes e moradores do morro.

Uma parte de Ruela ficou surpresa com aquilo e a outra parte desejava que Ana Lúcia estivesse errada. Sua culpa pela morte do amigo cresceria se ela tivesse razão.

— Pera aí — pediu Ruela, colocando a cabeça pra pensar. — Você acha que ela queria que eu e Ettiénne fôssemos mortos pelos guardas?

Ana Lúcia encarou-o nos olhos por um tempo e assentiu com a cabeça.

— Certo. É um ponto de vista e respeito que o tenha — respondeu ele, respirando fundo. — Mas o tráfico só funciona porque os líderes negociam com a polícia. Eu já recebi ordens da tua avó pra negociar com os homens da farda. Não sei o que aconteceu desta vez, mas esse banho de sangue indica que não há mais negociação e que fomos traídos.

Ele cruzou as mãos, olhando para o chão.

— A Fênix também foi traída — finalizou, direcionando um olhar firme a ela.

Ana não se mostrou surpresa e ainda discordava.

— Ela sabia da operação; não tenho provas, mas sei que ela sabia.

Ruela escolheu não estimular o assunto. Não queria enxergar por aquele ângulo.

— De acordo com o jornal, o objetivo era repreender o maior número possível de traficantes. Tua avó desconhecia essa operação. É um milagre estarmos vivos.

— Repreender com granadas, mortes e torturas. Uau. Eles sabem mesmo como agir nesse tipo de situação. Mas a verdade é que eles destruíram tudo por aqui e pouparam todos que trabalham pra minha avó.

— Acho que isso é um pouco de paranoia.

Ruela levou as mãos ao topo da cabeça e, buscando mudar de assunto, disse que conheceu Jeremias. Que ela se parecia com ele.

— É... Ele vinha sempre pra cá, mas falava muito pouco sobre a minha avó.

Ruela abaixou os olhos. Jeremias visitava outra pessoa e não a Fênix. Ele tinha quase certeza de que Ana desconhecia os motivos que traziam Jeremias ao Rio de Janeiro e, por enquanto, não decidira se devia ou não compartilhar o que sabia.

*Um dia qualquer,
no qual as horas nem se notam,
onde o tempo nem sequer é
alguma coisa que importa.
Aqui o crime se estabelece,
na mais deplorável simetria.*

CAPÍTULO 7

O ambiente estava pesado, assim como a chuva que caía no telhado e a água que batia no vidro da janela. Lopes tragava seu cigarro, enquanto avaliava o desempenho da operação e notava equívocos que pesariam nas costas deles. Foi quando uma delegada invadiu a sala, enfurecida.

— O mundo desabando sobre nossas cabeças e você fumando, Lopes! Você veio aqui pra fumar ou ajudar? Coloque na *CNN Brasil* — mandou ela, andando em círculos, e com as mãos na cintura.

"O Rio de Janeiro viveu hoje um cenário de guerra, com uma operação policial contra os traficantes do Jacarezinho na Região Norte..."

— Ora, vamos. Isso aí acontece sempre...

Lopes, que também era delegado, calou-se perante o olhar duro da colega.

"Os moradores ficaram assustados e duas pessoas não identificadas foram feridas por um tiroteio no metrô..."

Desconfortável, Lopes sentia necessidade de mover as pernas.

"... mãe não tem notícias do filho desde ontem..."

A delegada desligou a televisão.

— Te espero na sala principal para decidirmos o que dizer. Acredito que uma coletiva de imprensa seja importante.

Ela saiu e bateu a porta. Lopes pegou um chip diferente para colocar no celular. Depois realizou uma ligação.

— Fala, chefe — disse a voz do outro lado da linha.

— Neguinho aí é ruim de serviço, hein? Era pra ser dois, não um. Como ela está de humor?

Houve uma hesitação do outro lado da linha.

— Parece normal, com aquele jeito de sempre.

— Ótimo, ótimo. — respondeu, tragando outro cigarro. — É necessário pensar com calma. Mas, caralho, a repercussão em torno da falha é gigante. O planejado era perfeito, não o contrário. Fodeu pra todo mundo.

— É, saiu do controle.

Lopes tragou novamente. Não era inteligente entrar em detalhes pelo celular.

— Tenho fortes motivos pra afirmar que ela fez de tudo pra não dar errado. Ela não erra.

Mais uma hesitação.

— Não tenho o que falar, cara. Melhor conversar com ela. Nem sei que parada é essa que tu tá falando, porra.

Lopes tirou os óculos, com a mão livre. Sentia a mente acelerar. Sua vida dupla como delegado de polícia e sócio da Fênix detonava com sua saúde mental. Ele vivia ansioso e psicologicamente exausto; muitas vezes agia por impulso.

— A parada dos dois meninos, cacete! Com os dois mortos, ninguém suspeitaria dela. Esse era o plano.

Silêncio.

— Despistar inimigos com duas mortes planejadas?

— É, caramba. Lucrar em cima de quem perdeu homens e mercadoria na operação, porra. Sacada de mestra, nenhum território dela sofreu ataques da polícia.

— A velha estava blindada. Não perdeu nem mercadoria...

Lopes continuou jorrando informações, como se estivesse numa sessão de terapia e botasse em análise os conflitos mais nefastos.

— O Ruela também tinha que morrer, merda. Tô agoniado com o povo nas ruas, no Twitter, no Instagram e em todas as redes sociais que você pode imaginar acusando a polícia civil de assassinato, com gritos e placas de #TodosPorEttiénne e #BlackLivesMatter.

— Bando de pela saco, esse povo de manifestação. Quando eles vestem verde e amarelo, conseguem piorar tudo.

— Não estão de verde e amarelo — comentou Lopes, irrelevante. — O problema é que não prevíamos tamanha comoção em cima dessa morte. Não é a primeira vez que morre um negro jovem.

Lopes respirou e inspirou vigorosamente para se acalmar.

— Melhor esquecer esses problemas. Vou resolver o caso do menino com a equipe, daqui a pouco.

— Tem alguma chance de chegarem até mim? Larguei o corpo do moleque na calçada, perto do barraco da mãe dele.

Silêncio, Lopes tamborilava o dedo médio sobre a mesa.

— A bomba sempre explode no lado mais fraco.

— Ei! Não vou ficar calado, Lopes. Se liga nisso, cara. Não passei o moleque.

— Se te pegarem, o que pretende fazer?

— Falar a verdade, mostrar nossas conversas de celular. Inclusive essa, que tá gravando. Vacilão.

Lopes levou a mão à testa, calculando o que dizer. Juca estava estranho e ele falara demais. Por que não tomou rivotril antes de ligar?

— Não acho justo transformá-lo em autor da morte do menino — disse, finalmente. — E não trabalho apenas para a Fênix, mas para todos aqueles que estão com ela. Você seria o bode expiatório perfeito, é verdade, mas não vejo justiça nessa escolha. Tenho gente nossa em diversos setores policiais e na Secretaria de Segurança. Farei algo por ti. Peço apenas que me encontre no Jardim Botânico daqui a uma hora, tudo bem?

— Beleza — respondeu, sem questionar.

— Até, Juca.

E desligou.

Lopes se levantou da cadeira, convocou alguns homens, depois seguiu para conversar com a imprensa.

Durante a coletiva de imprensa, que teve início duas horas após o telefonema, Lopes adotou uma postura de tranquilidade. Tomara vinte gotas de rivotril e, habituado à medicação desregulada, não transpareceu sonolência ou algo do tipo.

A chacina não parecia sensibilizar policial algum, muito pelo contrário: sentiam-se envaidecidos pelo apoio do presidente da República. Os policiais também alegaram que não assassinaram o garoto de nome Ettiénne e que o assassino, conhecido como Juca Caju, foi encontrado no Jardim Botânico através de uma denúncia anônima. Quem fez a ligação estivera na passeata #TodosPorEttiénne e batera tanto, mas tanto no assassino, que o homem perdera os sentidos e estava a caminho de um hospital penitenciário, talvez para sempre.

— Obrigado, Gilson — agradeceu Lopes, assim que o homem entrou no carro. — A sacada de dizer que estava na passeata foi genial.

— Já quis ser ator — revelou, rindo. — Mas não foi fácil alcançar o cara. O danado correu pra caralho, só que eu também já quis ser corredor olímpico e, aí, danou pra ele.

Os dois gargalharam.

— Não vão checar as câmeras da Zona Sul — disse Lopes, com uma convicção clara. — Bandido bom é bandido morto. É disso que eles gostam, não é verdade? Mas intervirei, se for necessário. Estou satisfeito com seu trabalho. Juca ia falar demais, senti que ele estava no limite.

— É rolo com o "poder do *black*", né?

— Sim, e ele conhece "quase" todos os esquemas — mentiu Lopes. — Não podia abrir a boca. Vou entrar em contato com a Fênix pra explicar que precisei descartá-lo, em defesa dos negócios. Tô ganhando a confiança da Nêga cada vez mais.

— Sei. Mas vale a pena não ir pra cima da velha?

— Da Fênix? Claro. Ela vale cada acordo, Gilson. Ela é a carta que eu guardo na manga. Tô aguardando um dinheirão aí de uma transação no México. Eu ainda não sei a rota que ela pretende usar, nem mesmo o produto, mas vale a vista grossa ou tirar qualquer Cajuzinho do caminho.

Duas horas antes...

— Vou ligar pra esse tal de Lopes e me passar por ti — disse Jurandir, segurando o celular de Juca Caju. — Preciso de informações pra ele não duvidar de nada, tá ligado?

— Nem fodendo — respondeu, praticamente cuspindo as palavras.

— Tu vai me dizer tudo o que sabe. Sei que tua chefa continua tendo contato com a polícia. Perdi muitos homens.

— Vai pra merda, Jurandir. Não trabalho mais pra ela.

— E eu sou o Michael Jackson — disse Jurandir, sem humor. — Sei que tu faz serviço extra pra ela e, como morador deste morro infernal, é o teu dever abrir a porra da boca e dizer o que sabe.

— Não vou falar nada, cacete.

— Saco nele — ordenou Jurandir.

Juca foi impedido de realizar qualquer comunicação depois que colocaram o saco plástico em sua cabeça. O episódio de tortura foi repetido várias vezes e um homem de Jurandir socava-o em todos os lugares possíveis. Quando já estava coberto de sangue, ele finalmente contou que a Fênix assassinou Ettiénne e que o sangue no barraco era do garoto. Também desmentiu a lorota de que a polícia tinha subido até o barraco dela com um suspeito. E revelou que foi Ruela quem pediu que ele deixasse o corpo de Ettiénne perto de onde a mãe do menino mora. Disse que não podia deixar Ruela entrar no barraco, cumprindo as ordens da Fênix para deixá-lo circulando pela guerra, ainda que não compreendesse o motivo. Sim, ele pertencia ao "poder do *black*". Era um homem da Fênix.

Juca chorava feito uma criança e Jurandir pediu para que cuidassem dos ferimentos e o prendessem numa jaula, já preparada para aquele tipo de situação. Em seguida, longe de imaginar o que acontecia, Lopes ligou no celular de Juca.

— Olha só... É o destino — riu Jurandir, antes de atender. — Fala, chefe.

~~~

— Sou da paz, juro por tudo que é mais sagrado — Juca choramingava, sentado no chão e mantendo a cabeça perto do joelho.

— Um sujeito do teu tamanho chorando é patético — respondeu Paçoca, irritado.

— Isso de falar com o Lopes foi um erro, porra.

— O cara é um mané. Acreditou que fosse você.

— Já tem um tempo que não nos falamos, cacete.

— Paré de mentir, infeliz. O babaca te ligou.

Tonico entrou no recinto abruptamente, com marcas de suor na roupa e o semblante carregado de horror.

— Prenderam o Jurandir.

— Como é? — Paçoca parecia incrédulo.

— Ele tá sendo acusado pela morte do Ettiénne. Pegaram o Jurandir no Jardim Botânico. Parece que um manifestante fez a denúncia e a polícia o reconheceu como Juca, mas a identidade verdadeira dele foi revelada agora, na televisão: Jurandir dos Santos Silva.

Paçoca se voltou para Juca com os olhos vermelhos de ódio.

— O que tu fez, desgraçado?

Juca se encolheu no canto da jaula.

— Como ele faria alguma coisa preso? — interferiu Tonico, incisivamente.

Mas Juca desandou a berrar aos prantos:

— Porra, vocês também deixaram esse merda do Jurandir se passar por mim fisicamente! O Lopes conhece minha fuça, porra. Vai descobrir que fiz parte dessa mentirada e vai me passar. Porra! Porra! Porra!

Juca socava o chão da jaula com tanta força que suas mãos sangravam.

— O Lopes estava com os policiais numa coletiva ao vivo, na hora do ataque no Jardim Botânico — falou Tonico, quase atropelando as palavras. — Foi uma emboscada; o Lopes mentiu na ligação e preparou uma armadilha para o homem que ele pensava ser o Juca.

Juca estremeceu.

— Fodeu pra mim, caralho. Pra mim. Tá na cara que o Jurandir falou alguma coisa pro Lopes que não devia.

— Espancaram o chefe — Tonico voltou a falar, ignorando o desespero de Juca. — Pra caralho.

— Lopes, filho da puta — vociferou Paçoca, extremamente nervoso. — Ele caguetou o Jurandir! O telefone tava grampeado, porque ele sempre usa aquele *chip* pra falar com esse merda do Juca, e nós escutamos tudo!

Paçoca andou pelo recinto, em círculos, e decidiu:

— O barraco caiu. Temos que sumir do Jacaré por um tempo. E sem esse radar de problemas — finalizou, indicando Juca com um movimento de cabeça.

Juca, por sua vez, só faltou implorar com os olhos muito brilhantes para que não o matassem.

— Tu deu informações com muita facilidade — explicou, com frieza. — Não podemos confiar em você.

E, assim, Paçoca não hesitou em atirar quatro vezes em Juca. Logo depois, recolheu tudo que era importante, com a ajuda de Tonico, e deixou o barraco o mais rápido que conseguiu.

*Somos todos casulos
em processo de renovação,
rápidos ou lentos,
no tempo definimos a formação.
Seremos borboletas,
livres, leves e soltas,
e na tristeza em nossos semblantes
haverá o brilho eterno das lembranças...*

CAPÍTULO 8

A noite seguia longa. Ruela ouvia vários ruídos, inclusive dentro da própria cabeça. Ele virou o corpo na cama, notando que o barulho externo também lhe chegava abafado. Levou as mãos ao rosto e pulou fora, exausto. Desejava que o cérebro tivesse um botão de liga-e-desliga. Sentia-se ferrado demais para dormir. Ettiénne assassinado pela chefa. Jurandir preso, em estado de dar pena. Juca Caju encontrado morto num casebre.

Por que matar Juca? Era a resposta que Ruela buscava, quando se juntava ao grupo que procurava por Paçoca e Tonico, principais suspeitos. De todo modo, o passado já estava escrito e todos eles, inclusive ele próprio, envolveram-se em coisas terríveis, com consequências duras e inimagináveis. Ruela não queria olhar mais para baixo, como um condenado envergonhado. Necessitava melhorar as coisas, agir corretamente, mesmo que sua vida jamais tenha sido justa.

A Fênix estava mais irritada do que nunca, havia rumores de que ela não aprovara as últimas ações do tal delegado Lopes, mas não era burra para confrontá-lo. Em contrapartida, exigia de Ruela o acerto de contas com Shirley.

— Pegue a criança.

— Ainda não deu — respondia ele, não querendo lidar com as tramoias da Fênix.

— Preciso da criança pra ontem, porra. — Era estranho vê-la assim, como se perdesse o controle de algo.

— Ultimamente a Shirley anda com escolta.

— Tem dia que ela costuma sair sozinha com o moleque. Dizem que é o momento mãe e filho — desdenhou.

— Então — começou Ruela —, só que não existe uma regra, um padrão de comportamento que defina dia ou hora.

— Dê um jeito! — ordenou a Fênix, com olhar duro e penetrante.

De olhos baixos, sem saber se um dia voltaria a andar de cabeça erguida, Ruela deixou o barraco da Fênix com passos vacilantes, mas firmes no pisar. Apaixonara-se por Ana Lúcia, mas, naquele momento, pensar no futuro deles era assustador. Ele pensava todo dia, a cada minuto, desde a grande chacina, em como sentia medo e quase não havia espaço para mais nada. Sua mente fervia de preocupações; não existia luz no fim do túnel. Como não é possível ter tudo na vida, Ruela escolhera manter Ana longe do campo afetivo, para preservá-la. Ele era um homem marcado, envolvido em coisas ruins. Era melhor, principalmente para ela, que ficassem distantes.

Não demorou muito para Ruela prestar condolências aos pais de Juca; inclusive ensaiou um pedido para entrar no barraco do falecido para, sei lá, descobrir se ele devia algo ou tinha inimigos. Imaginou que, se conseguisse, o pai dele o acompanharia. Não foi exatamente o que aconteceu: visualizando sinceridade e preocupação genuína nos olhos de Ruela, o pai de Juca retirou o bolo de chaves e lhe entregou.

— Mas, senhor...
— Você é um bom amigo. Faça o que quiser com a casa.

~~~

Ruela estava de pé, no meio da cozinha, com as mãos apoiadas no encosto de uma velha cadeira de metal. Ao lado da porta havia uma mesinha, onde Juca deixara um maço de cigarros e um isqueiro. Por onde começar? Principiou pelos armários e gavetas, mas não tinha nenhuma pista, nenhum bilhete, nenhuma anotação, nenhum sinal de que Juca sofria ameaças; nada que justificasse quatro balas miradas no peito.

Ele se jogou no sofá malcheiroso. O barraco, escuro e silencioso, tinha uma energia avassaladoramente sufocante e pesada. Não parecia uma casa por não ser acolhedor. O ambiente era tão deprimente e carregado, que lágrimas quentes e silenciosas escorreram pelo rosto de Ruela.

Depois de muito chorar e se perder em lembranças vivas e saudosas, Ruela notou o relógio de parede acima da porta: o ponteiro maior estava solto e, mais por um incômodo bobo, ele pegou uma escada de madeira velha e nada confiável para ajustar o horário. Ao segurar o relógio, descobriu que havia um fundo falso atrás dele.

Bastante empolgado com a descoberta, e não menos perturbado, ele abriu a peça com cuidado e, com expressão de notável surpresa, Ruela retirou um iPhone 11 de dentro do relógio. Quais seriam os segredos daquele aparelho, apagado por falta de bateria? Quem teria um carregador de iPhone?

Ruela voltou a abrir armários e gavetas em busca do carregador, mas, ao observar uma tomada ocupada, ele encontrou o que procurava. Provavelmente Juca retirara o celular dali, às pressas.

Ele aguardou um tempo, consideravelmente breve e definitivo, e então conectou o fio ao celular. A maçã surgiu, dando-lhe boas vindas. Sem senha.

Um milagre! Em seguida, Ruela percorreu os nomes salvos na lista de contatos e só encontrou o da Fênix. Todas as chamadas recebidas eram da Fênix. Todas as chamadas feitas foram para a Fênix. Juca mentira sobre não trabalhar para ela. Aquele iPhone existia para manter contato somente com a Fênix. E por quê? A resposta veio rápida quando Ruela visitou a galeria e encontrou fotos e vídeos de crianças. Trabalho de profissional.

— Juca amava fotografia — murmurou Ruela, lembrando algo dito há longos anos, enquanto jogavam bolinha de gude.

Nas imagens, as crianças, negras e brancas, posavam como modelos. Ruela reconheceu o filho desaparecido de Joana em uma das fotos. A última criança fotografada era uma surpresa de embrulhar o estômago: o menino da Shirley.

Aquele sorriso, a covinha na bochecha e o formato dos olhos fizeram com que suas mãos tremessem, segurando o celular. Como pôde passar despercebido? Ruela conhecia o passado de Jeremias, pai de Ana, com a Shirley. Também sabia sobre a morte do pai da garota que amava — mais do que desejava saber. O menino era meio-irmão de Ana Lúcia.

Foi demais. Ruela balançou a cabeça. Não diria nada e manteria essa decisão, mesmo temendo que o segredo tomasse conta dele, que o trituras-se pouco a pouco.

Com o celular nas mãos, ele expirou e inspirou, decidindo continuar buscando respostas no aparelho. Então, Ruela entrou no e-mail cadastrado na *Apple*, percebendo, em seguida, que o buraco às vezes é mais profundo e sujo do que se imagina. Os e-mails, todos eles, eram para a Fênix, sobre tráfico de crianças. Pior: Juca assinava os e-mails como Song.

Ruela desvendou o maior esquema da Nêga no morro: Juca batia na porta de famílias com crianças pequenas e pedia para fotografá-las, alegando ser para teste em novela nos estúdios da *Globo*, comercial ou capa de revista infantil. Depois de um tempo, Juca reaparecia, contando aos pais da criança que uma produção estrangeira, mais ou menos como Chiquititas, havia se interessado pela criança e os pais, deslumbrados pelas possibilidades proporcionadas com o advento da fama, autorizavam que o menino ou menina viajasse para o México, na companhia de um cara gente boa e querido pelos pequenos: Song — mais conhecido por Ruela como Juca Caju.

Song utilizava rotas diferentes, como Brasil × Argentina × México ou Brasil × Uruguai × México, obviamente em posse de documentos falsos. Os pais adotivos, que desconheciam a ilegalidade da transação, levavam a criança para a Irlanda ou para outro país europeu. Os pais biológicos não recebiam notícias dos filhos e desconheciam qualquer procedimento efetivo para encontrá-los, uma vez que o homem chamado Song era uma farsa.

Juca era bem diferente da pessoa que fotografava os filhos desses pais desesperados. Como Song, costumava usar peruca, bigode falso e roupas finas. Fazia total sentido Juca mentir sobre não ter vínculo com a velha Fênix, se ele batia de porta em porta, muito bem-vestido e fantasiado, para fotografar crianças indefesas para propaganda de shampoo, fralda ou qualquer outra mentira inventada.

Ruela não precisou ler tudo para descobrir que a avó de Ana Lúcia era a alma e o coração do tráfico de crianças, lucrando horrores nessas transações, com a ajuda do delegado Lopes.

Chocado demais, Ruela voltou até o guarda-roupa, pegou a máquina fotográfica com um lençol, pensando nas impressões digitais, e colocou celular, carregador, disfarces e a máquina, devidamente protegida, numa mala velha do Juca. Com cautela, ele deixou o barraco.

Sem os opostos, as linhas não se cruzam e os caminhos não se mostram...

CAPÍTULO 9

Ruela queria proteger o meio-irmão de Ana Lúcia e desmascarar a Fênix de uma vez por todas. Correndo pelo morro e limpando o suor da testa, que teimava em descer até os olhos, era difícil visualizar uma saída para tudo o que sabia. Entendia, agora, a revolta da Fênix pela prisão de Jurandir e como isso influenciou a perda do seu melhor agente. Juca fora assassinado por Paçoca e Tonico, ele tinha absoluta certeza disso, não precisava de provas.

Quase tropeçando na calçada, Ruela esfregou os olhos, que ardiam pelo suor, e pensou que correr não adiantaria nada; bastava andar e encarar o fato de que ele queria a Fênix morta e necessitava de coragem, porque era importante primeiro se proteger para, depois, atacar.

De frente para o barraco da Fênix, ele ficou um tempo ali, pensando na reação que Ana Lúcia teria ao vê-lo depois de tanto tempo. E se ela batesse a porta na cara dele? Depois de alguns segundos, com Ruela erguendo os ombros e cruzando os braços, Ana Lúcia abriu a porta.

— O que quer?

— Saber se tá bem — respondeu, desconcertado. A resposta não era de todo uma mentira. Ele amava a menina.

Ela riu, mas não de alegria.

— Você só me procura quando quer algo, José Bonifácio.

Ruela coçou a cabeça.

— Tua segurança é mais importante que a saudade.

— Segurança? — Ela riu outra vez. — Eu moro com a Fênix e você vem aqui falar de segurança?

Ruela respirou fundo, não tirava a razão dela.

— Já vivi muito pra você me tratar como uma boneca de porcelana.

— Falou com a tua mãe, pelo menos? — perguntou ele.

— Falei. Nem mesmo ela, que nunca gostou da minha avó, é capaz de imaginar o inferno que estou vivendo.

— Não contou nada?

— Pra quê? — perguntou Ana, em tom de desafio. — Pra ela encher a cara no bar da esquina? Mamãe está sóbria pela primeira vez depois da morte do meu pai. Não vou estragar isso.

Ruela coçou a cabeça novamente. Virou um tique nervoso.

— Ela parou de beber porque você saiu de casa. Ficou sozinha e se viu obrigada a mudar de comportamento.

— Jura? — perguntou, com ironia.

— Certo — disse Ruela, pedindo calma com as mãos. — Ana, nem sei como te falar isso, porque, apesar de tudo, a mulher é a tua avó, mas... Ela é muito perigosa. Muito pior do que eu pensava. Inclusive nessa jogada de ser a Fênix Nêga, protestar falsamente pelo "poder do *black*"... Ela recruta adolescentes com esse jogo de manipulação.

— Exatamente como aconteceu com você.

Envergonhado, Ruela abaixou a cabeça. Ana Lúcia fez um gesto de cabeça, com um sorriso de incredulidade. Não se conformava com a ingenuidade de Ruela e se chateava pela falta de credibilidade que ele depositara nela, no dia da grande chacina.

— Depois da morte do Ettiénne... — começou ela, quase pausadamente. — Depois da emboscada e morte do Juca, depois da boca de fumo da minha avó decolar em vendas... — Ela fechou os olhos e respirou fundo, parecia implorar aos céus por paciência. — Depois de tanta desgraça, somente agora você acredita em mim? E ainda acha que eu não sei com quem estou lidando? Minha avó é monstruosa.

Ruela não respondeu.

— Estou cansada, José.

— José não...

— É a porra do teu nome! E, se quer saber, você não tem o direito de invadir a minha vida na hora que bem entende.

Ana Lúcia estava furiosa.

— Eu te amo — disse ele, com total sinceridade.

Ana manteve a expressão endurecida no rosto.

— Bela forma de demonstrar.

— Não quero te prejudicar. Por favor, compreenda.

Ana Lúcia respirou profundamente e, sem olhar Ruela nos olhos, perguntou com voz abafada:

— Do que precisa?

Ele olhou para ela: observava seus grandes olhos brilhantes e escuros, assim como a curva suave dos lábios; aquela boca guardava duas fileiras de dentes brancos e perfeitos. Ruela se aproximou, segurando uma das mãos de Ana Lúcia.

— Vou consertar tudo — murmurou ele. — Dou a minha palavra.

— Não prometa o que não pode cumprir — respondeu ela, algo resignada. — O que quer, afinal?

Ele se afastou, largando a mão dela.

— Quero que esconda um gravador no quarto da tua avó. Ele tem um sensor de voz e grava 350 horas.

Ana abriu bem os olhos.

— É pra um flagrante com o cara da polícia. Posso te prejudicar pedindo uma coisa dessas e não aguentaria se te acontecesse algo...

Mas Ana Lúcia o interrompeu com um beijo de verdade, segurando-lhe o rosto com as mãos. Logo ela se afastou e disse, sorrindo:

— Finalmente não me vê como uma boneca de porcelana.

— Nunca te vi como uma...

— Tudo bem, tudo bem... — cortou ela; mas, ainda assim, sorria. — Vou esconder o gravador.

Ruela, com o semblante em tom escarlate, levou a mão à mochila e retirou o pequeno aparelho de escuta. Naquele momento, ele queria mesmo era se enroscar com Ana, mas eles precisavam tomar decisões urgentes e complicadas. Quem sabe um dia eles pudessem trocar juras de amor por, pelo menos, alguns minutos.

~~~

Ruela fazia hora próximo à boca de fumo da Nêga, ponto atual das melhores e únicas drogas do Jacarezinho. Todo usuário conhecia, principalmente os *playboys* da Zona Sul. Entre uma pitada e outra no cigarro de palha, Ruela notou quando chegou um grupo de quatro pessoas, implorando por moradia. Alguns caras riram, outros disseram que ali só tinha pó e que dava para montar uma casa. Humilhavam as pessoas cruelmente. Indignado, lembrando que também já agira dessa maneira, Ruela tomou a frente e se apresentou ao grupo.

— Que passa?

— Perdemos nosso barraco na chuva. Não temos mais nada. — A mulher estava à beira das lágrimas.

Ruela coçou o queixo, analisando o que falar.

— Posso ajudar em troca de lealdade — disse ele, claro e direto, com uma frieza calculada.

Ruela enxergou, naquela família arruinada, um grupo de aliados para lutar contra a Fênix. Só o tempo diria se estava certo.

— Não sou traficante, rapaz — o homem alterou a voz. A mulher abafava o choro, e a expressão no rosto dos dois filhos do casal era de total desolação.

— Quem falou em tráfico? — perguntou Ruela, franzindo a testa.

O homem indicou com a cabeça o mercado ilegal.

— Tem gente que não merece viver — disse ele, de cabeça erguida. Não estava à venda.

— Minha *vibe* é a mesma que a tua — afirmou Ruela. — Tenho um lugar pra vocês.

O grupo fez uma troca rápida de olhares.

— Nada de drogas?

— Quero lealdade e nada mais.

Ele estendeu a mão para Ruela, que segurou e disse:

— José Bonifácio.
— Prazer. Pedro.

~~~

Durante o almoço com a mãe, Ruela comentou por cima sobre a família que acolhera na casa do falecido Juca Caju.

— Mas... O pai dele concorda?

— Ele disse pra eu fazer o que quiser com a casa.

— Olhe no que vai se meter — murmurou ela, algo tensa.

— Relaxa — respondeu ele, levando os talheres até a pia e olhando pela janela. A plantação de hortaliças estava linda. — Mãe — chamou Ruela —, as hortaliças estão bonitas. Posso colher?

— Claro que sim, filho. É a concretização da nossa fé e boa vontade no Senhor.

A mãe de Ruela era religiosa fervorosa e falava sobre o Senhor todos os dias. Era como se vivesse as escrituras; suas ações eram sempre movidas pelo coração e o louvor ao Nosso Senhor Jesus Cristo.

— Beleza. Vou levar pro Pedro.

— Que Pedro?

— O homem que tá morando na casa do Juca, com a mulher e dois filhos.

Ruela era capaz de sentir a nova onda de tensão que vinha da mãe.

— O Senhor não diz pra ajudar? — questionou ele.

— Ele é o caminho, a verdade e a vida.

— Amém.

A mãe ficou calada por alguns segundos e, de repente, disse:

— Visitei a Genoveva. — Ruela estremeceu ao ouvir o nome da mãe de Ettiénne. — Ela está arrasada, filho. Desejo com toda a minha fé que ela ore em busca de consolo à alma torturada.

Ruela sentou-se, novamente, à mesa.

— Por que me conta?

A mãe hesitou.

— Por que você não é o único que sofre. Tudo isso é uma cadeia de sofrimento e precisamos, urgentemente, nos unir pra ler a Bíblia. Um dia na semana faria tão bem a todos...

— Não quero falar sobre isso, mãe. Mas não sou contra reuniões pra ler e comentar a Bíblia. Acredito de verdade que possa ajudar, só não estou pronto pra encontrar a mãe do meu amigo.

Os olhos dela encheram-se de lágrimas. Ruela desejou sair correndo.

— Também tenho medo de te perder. Sei que está tramando algo contra a Fênix e ela é poderosa demais...

— E a fé, mãe?

— Não cabe a você fazer justiça pelo teu melhor amigo.

Ruela sentiu o rosto queimar e se levantou bruscamente. Estava no limite. Prejudicava-se por não conciliar emoção e razão. A culpa que alimentava era corrosiva e o impedia de compreender que ele era um ser humano falível, como todos os outros.

— Preciso ir. Depois venho buscar as hortaliças.

Quando Ruela estava na porta de saída, ouviu a mãe:

— Existem etapas e capítulos que são horríveis, mas também há boas etapas e bons capítulos. Existe vida, meu filho.

— O problema, minha mãe, é que este capítulo ainda não acabou — afirmou, deixando o barraco antes que a mãe dissesse qualquer outra coisa.

CAPÍTULO 10

Alcântara, *três anos antes...*

— Esqueça essa mulher... — uma silenciosa voz de prudência ecoava dentro de Jeremias.

— Não é tão simples — resmungava em voz alta, levemente rouca, enquanto sentia dores no peito, cansaço e fadiga muscular.

Jeremias abaixou a cabeça, apoiando-a na parede da cozinha; chorava em silêncio para não acordar Berenice ou Ana Lúcia. Ele se lembrou de que Shirley viria atrás dele, que ela lhe dissera: "Se algum dia você voltar para o Maranhão, sabendo que estou grávida, eu acabo com a tua vida". Ao que Jeremias respondeu: "Isso nunca vai acontecer".

Mentira, óbvio. Porque lá estava Jeremias. Vencido. Abatido. Adoecido. Enlouquecido. No Maranhão.

Jeremias ouviu uma pedrinha bater na janela da cozinha e abriu a porta, saindo de casa, com o suor banhando o corpo e empapando sua camiseta. O coração batia depressa; ele ouvia ruídos, sabia que não estava sozinho. Caminhou por mais um tempo e, de repente, ajoelhou-se, com as mãos na cabeça. Sentia-se encurralado, tendo, à direita, um homem de confiança da Shirley e, à esquerda, com a arma apontada para ele, num pequeno espaço coberto de urzes, a própria Shirley, grávida do filho deles e sem um pingo de compaixão.

— Que canseira, Jeremias. Poderia ter me poupado horas viajando de caminhão. Mas você não se importa; eu que me vire com esta barriga.

— Shirley... — começou Jeremias. — Merda! Nem ao menos consigo ler a expressão no seu rosto.

— Não precisa. Eu a descreveria como a de uma mulher grávida enfurecida com homens que pensam que uma gozada é só uma gozada, mesmo quando filhos estão envolvidos.

— Não, espere — disse ele, cansado. — Eu não sou indiferente a esse filho, só que eu preciso conversar com a Berê e a Ana.

Shirley riu de nervoso e endureceu o olhar, talvez como Jeremias jamais vira. Na verdade, ele acendera um incêndio dentro daquela mulher, ao chamar a esposa de "Berê".

Sem dizer nada, Shirley mirou no peito e na cabeça, para, em seguida, fugir com o aliado.

*Minha mãe, caramba, fazia
qualquer coisa para defender a gente.
Bárbara Rosa, em Carolinas,
catadoras de sonhos.*

CAPÍTULO 11

— Oi, Ana — disse Ruela, atendendo ao celular. Tinha acabado de deixar o barraco da mãe.

— Por que você me deixou no escuro? — questionou Ana Lúcia; a contrariedade evidente em sua voz. — Ele é meu irmão. Nessa altura dos acontecimentos, já não importa se meu pai traiu a minha mãe. Tenho um irmão.

Ruela levou a mão livre aos olhos.

— Vou tentar explicar...

— Eu não mereço confiança?

— É claro que você merece — disse Ruela, depressa.

— Então por que escondeu de mim?

Ruela coçou a cabeça. Havia decidido não falar nada e agora aquilo parecia muito errado. Resolveu ser totalmente sincero.

— Eu não sabia do teu irmão. Ninguém nem ao menos me contou — respondeu, com firmeza. — Vi algumas fotografias dele na casa do Juca. Reparei o formato dos olhos, o sorriso e a covinha na bochecha. Ele se parecia com alguém. — Ruela olhou para os céus antes de acrescentar: — Sou apaixonado por você, Ana.

Ana Lúcia ficou sem palavras.

— Ei, ainda está aí?

— Você descobriu nosso parentesco por reconhecer, hum, nas fotografias dele pequenas semelhanças físicas...

— Sim. Não tiro você da cabeça.

Ana Lúcia sorriu. Também gostava dele.

— Mas por que tinha fotos do Otávio na casa do Juca?

— Então... A Fênix o quer para adoção no exterior. Por isso pedi que grave as conversas... Ela é a alma e o coração do tráfico de crianças do Rio de Janeiro... Desde que o Ettiénne morreu, sinto certa pressão em fazer o que é certo, entende...

Ana Lúcia ficou em choque.

— Esse tempo todo... Ela em cima de você pra pegar o menino... É pra vender?

Ruela não respondeu.

— Ela é avó dele! — afirmou Ana, com voz aguda.

— Então, é.

— Puta que pariu dez vezes — murmurou ela.

— Como você descobriu que é irmã dele?

— Escutei a conversa da minha avó com o delegado Lopes. Meu pai foi mencionado... E aí ouvi que a Shirley tem uma "dívida de vida" com a Fênix... Não entendi muito bem essa parte... Bom, a minha avó falou que o Otávio é filho do meu pai com a Shirley. Eles vão invadir o território dela, aproveitar que ela perdeu homens na grande chacina, tá enfraquecida.

— Quando vai ser a invasão? — Ruela ainda não tinha certeza se deveria contar que Shirley matou Jeremias, sendo o assassinato a tal dívida de vida.

— Eles não disseram... Estão planejando.

— Tenho que chegar até a Shirley primeiro.

— Por quê? — Ana parecia ainda mais assustada.

— A criança não pode cair nas mãos da tua avó — explicou Ruela, nervoso e preocupado. — Vou tentar um acordo com a Shirley agora mesmo.

— Ruela, pelo amor de Deus, a minha avó é capaz de dar fim em você em alguma ruela.

— Seria poético para os padrões da Fênix.

— Pare de me assustar!

Ele suspirou. Também estava preocupado, mas tentava desanuviar os pensamentos.

— Ok. Alguma boa notícia?

— Seu aparelho de escuta funciona.

Ele riu.

— Vamos pra cima dessa velha.

~~~

Ruela negociou drogas e munições para entrar no território da Shirley. Ele usava um boné original da Lacoste e o bigode falso do Juca, assim não o reconheceriam como traficante da Fênix.

— Conseguiu numa bronca?

— O quê?

— Teu boné, cacete.

— Achado não é roubado, neguinho.

O cara riu e concordou, sem imaginar o grau de tensão de Ruela. O problema surgiu um pouco depois, quando um traficante mais desconfiado achou que se tratava de alguma violação da polícia, usando um jovem negro e favelado para circular pelo morro. Mas a má impressão passou e Ruela negociou vinte papelotes de cocaína.

Enquanto negociava quase todas as drogas e munições com outro sujeito, Ruela viu o irmão de Ana Lúcia brincando de chutar bola, o que foi bonito de ver, porque ele era muito novinho e a bola parecia ser maior do que ele.

— Ei. Preciso falar com a tua chefa. Tem como?

— Depende.

— Do quê?

— Gostei do boné. É original?

Ruela confirmou que sim.

— Aceito como moeda de troca.

Ruela respirou profundamente. Ettiénne ganhara o boné de um turista francês que simpatizara com ele, pelo nome. Em seu último aniversário, ele o colocou na cabeça de Ruela, como presente. Não era pela marca, e sim pelo valor afetivo. Sem saída, ele entregou o boné.

— Bora lá.

Não demorou muito para Ruela estar sentado num sofá esburacado de frente para Shirley. Olhando-a de perto, notou que era muito bonita. Um contraste com a Fênix, que se parecia com aquelas velhinhas más dos desenhos animados, com dentes faltando e segurando uma maçã — o que, no caso, seria o cigarro.

— Nunca te vi — disse ela, desconfiada.

— Sou novo nos negócios.

— Sei, mas por que não procurou pela maldita Fênix? Todos querem fazer parte do "poder do *black*".

Ruela sabia responder essa pergunta, mesmo sendo feita com escárnio. Trabalhou anos com a velha e ela aceitou Ettiénne no bando por causa dele, fazendo-o jurar que lhe ensinaria como tudo funcionava.

— Ela não pega iniciantes. Não sabia disso?

Shirley apertou os olhos, ainda desconfiada.

— O moleque falecido de treze anos só podia ser iniciante.

Ruela sentiu um soco no estômago.

— Dizem que ele era jovem, mas não iniciante...

Shirley finalmente pareceu baixar a guarda.

— A bandida tem o dom de subestimar as pessoas — comentou, com desagrado. — Namorei o filho dela. Ela nunca aceitou nosso relacionamento.

Ruela se manteve calado.

— Ela inventou que ele tinha outra família e infernizou tanto, mas tanto, as nossas vidas, que o pai do Otávio sumiu, deixando-me grávida.

Ruela processou a informação, vírgula após vírgula, sabendo que a mulher contara uma baita mentira.

O celular dele vibrou. Precisava atender a chamada de Ana sem dar bandeira. Ruela então pediu licença, alegando ser seu fornecedor.

— Oi, cara. Tô aqui negociando...

— A "dívida de vida" é a respeito do meu pai. — O estômago de Ruela deu um solavanco. Temia o momento em que Ana descobrisse o que havia acontecido. — Shirley o assassinou. Ela foi até Alcântara para matá-lo. — Ana Lúcia engoliu em seco. — Desgraçou nossas vidas. Mamãe não bebia...

— Quantos papelotes? — perguntou Ruela, seguindo com o disfarce. Shirley tinha o olhar fixo nele.

— Ouvi minha avó comentar que eles estão indo aí agora. — Ana parou de falar para recuperar o fôlego. — Porra do caramba, saia daí vivo. Jogue limpo com a Shirley, se for necessário! NÃO MORRA!

— O que você está fazendo, ordinária? — a voz da Fênix surgiu e a ligação caiu.

~~~

Célia retirou Ana Lúcia do banheiro pelos cabelos e a jogou no chão.

— Traiçoeira! Pra quem me caguetou?

Ana ficou calada, o olhar brilhando de ódio.

— Diga, infeliz!

— Já sei de tudo, porra! Sobre sua rival, meu pai e o meu irmão. Você quer vendê-lo.

— Sugira um futuro melhor pra ele — gritou Célia.

— Não existe final feliz com você! — vociferou Ana Lúcia, recebendo um tapa na cara.

— O menino não está seguro aqui no morro — disse a avó, quase colando a cara dela na da neta, exibindo poucos dentes, completamente podres. — Ele seria traficante, sabia? Usaria armas, coagiria moradores inocentes... Pois é, eis o único futuro que ele teria aqui no Jacarezinho.

— Não se faça de preocupada — Ana Lúcia chorava de ódio. — Você só pensa em si mesma.

— Estou dizendo verdades, sem incluir sentimentalismos.

— Vou levar meu irmão pra Alcântara.

— Ah, então você planeja que ele se torne alcoólatra, como a anta da tua mãe?

Ana ia responder, mas Lopes entrou.

— Vamos pegar a criança.

— Não saia daqui — finalizou a Fênix, abandonando a neta.

~~~

Ana Lúcia enxugou as lágrimas e correu até o quarto, arrastando-se debaixo da cama de Célia. O gravador estava acoplado no lastro da cama. Ligeira, e com o gravador em mãos, ela ligou o notebook sobre o chão, perto de uma tomada. Com o aparelho ligado, ela salvou todos os áudios. Em um deles, Lopes xingava uma delegada de "carne de pescoço", afirmando que a mulher vivia em cima dele, feito urubu na carniça.

Com agilidade, Ana Lúcia enviou os áudios por e-mail para a delegada, frisando que ouvisse um e outro em especial. Não satisfeita, porque o tempo corria contra a vida, ela ligou na delegacia e solicitou checagem nos e-mails com urgência, informando, inclusive, que o delegado Lopes não estava no escritório porque se envolvera até o pescoço em ilícitas transações no morro do Jacarezinho.

A delegada não perdeu tempo e todos seguiram para o morro. Quando o carro entrou na comunidade, os moradores estremeceram. Lopes entrara com um fusca para não chamar atenção, mas a delegada usou a viatura da polícia.

~~~

E agora, questionava Ruela após falar com Ana Lúcia. Recalcular os passos? Mas como? Precisava preparar o terreno para conversar com a Shirley sobre o perigo que o menino corria, mas como faria isso em tão pouco tempo? Ele necessitava de horas, não de minutos contados! A preocupação deixava seu semblante carregado e, quanto mais ele mergulhava em emoções como tensão e irritabilidade, menos ele sabia como proceder. Então, soltou a verdade:

— A Fênix vai canelar com seu filho.

Um homem corpulento voou no pescoço de Ruela. Shirley ordenou que o soltasse. Ruela precisou que batessem em suas costas para parar de tossir. Aquele homem era enorme. Ruela realmente acreditou que perderia o pescoço.

— Quem é você, moleque? — perguntou Shirley, depois de notar que ele estava razoavelmente bem.

— José Bonifácio — respondeu, quase atropelando as palavras. — Sou conhecido como Ruela. Eu trabalhava pra Nêga.

— O QUÊ? — Shirley berrou, assustada.

— Não trabalho mais — correu a se explicar. Percebia que somente a Fênix era capaz de induzir tal pavor em Shirley.

— O que você está fazendo aqui no meu...

— A Fênix! Ela é envolvida com tráfico de crianças.

Fez-se um silêncio pouco habitual. Ruela tomou fôlego:

— O Juca fez diversas fotos do seu filho pra adoção no exterior.

— Não conheço nenhum Juca — disparou ela, entre nervosa e assustada.

— Tem certeza? Ele tinha um bigode igual ao meu e se apresentava como Song.

Ruela aproveitou para tirar o bigode falso. Shirley ficou horrorizada. Tráfico de criança jamais lhe passara pela cabeça.

— Não estou entendendo...

— Song trabalhava pra Fênix.

— E ela quer... Quer... Quer vender o próprio neto?

— Minha namorada é irmã dele.

— Dele quem? — perguntou ela; a voz cava.

— Otávio.

— Fênix desgraçada! E o que faço contigo, agora?

— Tem um cara que me deve lealdade.

— Cacete, não me diga que acredita. Ninguém se opõe àquela vaca!

— Deixe-me tentar. A Fênix está vindo pra cá com o delegado.

— Não posso cair na conversa de um frangote!

— Por favor, porra, o tempo corre contra nós!

— Faça sua ligação, caralho! — ordenou Shirley.

O celular chamou, chamou, chamou e chamou. Até que o Pedro atendeu.

— Cara, preciso que cumpra o que prometeu.

— Não te prometi nada, neguinho. Se vira aí — e desligou o telefone.

Em seguida, eles escutaram tiros.

— Meu filho!

Aquela foi a última palavra que Shirley proferiu, uma vez que, da janela entreaberta, estava a Fênix segurando uma arma, rindo como a louca cruel que era. Ruela desejou retroceder no tempo, não ter ido até a Shirley. Tinha que primeiro acabar com a Fênix e perdera não apenas uma, mas diversas oportunidades.

Esfregando o olho e desejando estar sob efeito de alguma droga alucinógena, Ruela concluiu que não adiantaria mentir para si mesmo. Num lance rápido, ele sacou a arma contra a Fênix, que, mais rápida ainda, mirou no homem corpulento que servia à Shirley, ordenando, com um único olhar, que paralisasse Ruela.

Antes de processar a jogada da Fênix, o homem deu-lhe um soco na cara e o imobilizou no chão. Em seguida, um sujeito, que logo Ruela descobriu ser Pedro, invadiu a casa com o irmão de Ana Lúcia nos braços. O menino berrava.

— Fênix, um carro blindado da polícia acabou de entrar no morro. Vamos sair daqui.

Pedro olhou para Ruela, cujos olhos marejavam e o queixo tremia. Foi traído. A Fênix, sorrindo, mirava Ruela, deixando bem claro que ninguém, jamais, estaria à frente dela.

~~~

Eles desceram pelo morro aos tropeços, em direção ao fusca do Lopes. Ruela tentava reagir, mas, quando eles chegaram próximo ao carro, o garoto desmaiou. A Fênix o obrigou a cheirar clorofórmio.

— Vamos, porra! — gritava Lopes, pela janela.

A Fênix fez um movimento com a cabeça e o homem corpulento arrancou Lopes do fusca. O delegado tombou no chão, assustado, lançando olhares confusos para a Nêga.

— Tu jamais deveria ter se metido com meu maior aliado — disse a Fênix, friamente. — Juca também era meu companheiro.

— Mas... Nós prendemos o Jurandir!

— A intenção era prender o meu Juca — respondeu ela, com uma excitação perversa na voz.

— Fênix, eu... — Lopes gaguejava, tentando argumentar tolamente. — Eu jamais poderia saber!

O som de tiros e da sirene da polícia alcançou o ouvido de todos. Pedro já estava dentro do carro com a criança, que chorava desesperadamente, quando Fênix assumiu o volante. Ruela, sem sentidos, também estava no carro. Antes que o homem corpulento também entrasse no veículo, ela atirou em sua cabeça.

— Valeu por nada — murmurou, pisando fundo no acelerador.

~~~

Desajeitado, com seu terninho elegante sujo de terra, Lopes olhava de um lado para o outro, andando com passos longos e impacientes, até estacar no chão com a delegada apontando-lhe a arma. "Por onde ela surgiu?", pensava desesperado.

— Temos que conversar, colega. Na delegacia.

— Que é isso, Suzana? Não aponte essa arma pra mim — disse, com ferocidade.

— Mãos na cabeça, Lopes.

— Isso é um absurdo. Você está tramando alguma coisa...

Suzana riu.

— Não adianta tocar a bola pra mim. Quem trama aqui é você. Temos áudios que comprovam sua participação no desaparecimento de várias crianças.

— Quais áudios? — perguntou ele, sentindo-se gelado. Sua carreira estava prestes a desmoronar. — Exijo falar com o meu advogado.

— Não cabe a você impor condições — disse a delegada, com aspereza. — Mas você poderá falar com ele. Mãos na cabeça!

O desespero, o medo e a arrogância de Lopes chegaram ao limite. Seu jogo era duplo, mantido pelo interesse, uma farsa mentirosa sem compromisso algum com a verdade.

— Quer saber, Suzana? Isto aqui já está um inferno sem que eu tenha que lidar com essa merda toda.

A delegada olhou para ele com uma aversão crescente, sentindo seu corpo gerar ondas de fúria.

— Você fez essa merda — acusou ela.

— Cavou a própria cova, cara — surgiu a voz de um policial, ao lado da delegada.

— Mãos na cabeça! — gritou outro policial, surpreendendo Lopes, que não o viu chegar.

Rendido, Lopes deixou-se algemar. A viatura da polícia estava escondida perto de um beco. Lopes perguntou-se várias vezes se aquilo tudo não era um pesadelo e, fora de si, gritou:

— Você tá ferrada comigo, Suzana! Vadia de merda. Dá pra qualquer sargento que aparece.

Ela riu.

— A coisa toda só melhora, machista escroto do caralho...

Suzana observava Lopes se esforçar para controlar a respiração e sorria, realizada. Odiava aquele homem por fazê-la sofrer assédio moral no início da carreira como delegada. Ela passou muitas noites em claro, com o peito carregado de fúria e ódio, chamejando intensamente. Não sabia como lidar com o assédio, como passar por um dia inteiro sem dor de cabeça ou de estômago. Finalmente, Lopes tinha o que merecia.

Infelizmente, quando eles estavam chegando perto da viatura, Suzana ouviu o som de uma escopeta sendo engatilhada e, desprevenida pela prisão que acabara de realizar, acabou levando um tiro no coração. O homem que segurava Lopes também se enrolou para sacar a arma e caiu duro, no chão. Lopes começou a correr, com as mãos algemadas, e o único policial vivo também se atrapalhou, levando três tiros mortais.

Cinco traficantes saíram correndo atrás do Lopes; alguns desperdiçando munição e atirando para o alto.

— Não vai escapar, não, seu filho da puta! — gritava um deles, entre risos e tiros.

Lopes estava fodido de qualquer jeito. Perdeu o cargo de confiança com a Nêga e, obviamente, estava fora do departamento. Fodido com o crime organizado. Fodido com o Estado. Por quê? Por dinheiro. Dinheiro seduz. Abatido demais, ele se deixou tombar.

— Olha pra mim, caralho — ordenou um dos traficantes.

— Acaba logo com isso — disse Lopes.

— Por que a pressa?

— Quem são vocês?

— Somos "o poder do *black*". Porra. Achou mesmo que a Fênix confiaria em você, solto por aí, sabendo demais?

E o acerto de contas começou, com chutes e pontapés; cinco homens contra um. Desfigurado e sangrando feito um porco, eles abandonaram a massa sangrenta que se tornara a identidade do Lopes ali mesmo. Já estava morto, mas, mesmo assim, um deles disse, antes de sair:

— Traiu o movimento, filho da puta.

Se soubesse que o mundo se desintegraria amanhã, ainda assim plantaria a minha macieira. O que me assusta não é a violência de poucos, mas a omissão de muitos. Temos aprendido a voar como os pássaros, a nadar como os peixes, mas não aprendemos a sensível arte de viver como irmãos.

Martin Luther King

CAPÍTULO 12

Ana Lúcia não tinha mais unha para roer. O barraco dava uma sensação de claustrofobia e estava quente demais. Aquele dia não terminaria nunca e ela ficaria ali, sabe-se lá até quando, esperando por notícias dolorosas e sufocantes.

Na ida de Célia para o barraco, ela comemorava, batendo no volante e gritando que vencera. Finalmente tinha o neto em seu poder, matou a rival, vingou-se do Lopes e algo especial aguardava por Ruela. Chega desse moleque que, por pouco, teria arruinado seus planos. Na favela, traidor não merece perdão. À noite, nada mais importaria do que assistir às labaredas de fogo lambendo o céu; era excitante e poético, e o moleque merecia.

Pedro observava Ruela desacordado e sentia uma ponta de vergonha pela traição. O menino lhe ajudou, mas Pedro precisava de mais dinheiro para cuidar da família. "É pela família", repetia mentalmente, como um mantra. "É pela família".

A criança, depois de muito chorar, adormecera em seu colo e Pedro também refletia sobre o destino do menino, sem mãe e com a avó determinada a vê-lo como objeto de lucro. Aquilo tudo não estava certo, sentia-se aflito e sujo.

Quando eles chegaram, a Fênix ordenou que Pedro prendesse Ruela num quartinho na área externa da casa. O lugar era imundo, pequeno e com ratos. Depois de cumprir a ordem, ele aguardou pela Fênix, que conversava com três homens sobre pneus, gasolina e fogo. Pedro se sentia cada vez mais angustiado.

Uma garota, que em seguida ele descobriu ser neta da Fênix, entrou na sala disposta a brigar, mas logo se conteve, deixando escapar um suspiro longo e lento ao ver o irmão dormindo no sofá.

— O que aconteceu? — perguntou ela a Pedro.

— Acerto de contas — respondeu, transpirando de nervoso e não querendo se envolver ainda mais.

Quando os homens se foram, Pedro foi informado de que seu trabalho não havia terminado, como supunha.

— Preciso que fique pra vigiar o nosso convidado.

— Mas... Já fiz minha parte — respondeu ele, parecendo confuso e desesperado.

— Que convidado? — perguntou Ana Lúcia depressa, estava assustada.

— Ruela.

— E cadê ele? — Ana pressentia algo horrível.

— Tá preso no quartinho que fica lá fora.

Ana Lúcia e Pedro se entreolharam.

— O que significa isso? — questionou ela, um tanto trêmula.

A Fênix se limitou a sorrir e acender um cigarro.

— Vó? — Ana quase chorava. — Por favor. O que isso significa?

— O preço da traição.

— Você está querendo me dizer... — enquanto elevava a voz, percebia que Pedro perdia a cor do rosto, a cada segundo — ... que vai machucar o Ruela?

— Você vai assistir a tudo, comendo pipoca — respondeu, soltando fumaça pela boca.

— Fênix, eu não posso ficar aqui... Minha mulher precisa de mim — explicou Pedro, agora totalmente descorado.

— Não seja ridículo. Você faz parte disso.

— Essa situação toda me deixa desconfortável.

Ana Lúcia se encostou à parede e escorregou até se sentar, apoiando a cabeça nos joelhos.

— Você é o Pedro que Ruela levou pra casa do Juca?

— Minha casa — interrompeu a Fênix, com os olhos brilhando de ódio. — Juca era meu companheiro.

O queixo de Ana Lúcia caiu.

— Eu... Sou esse Pedro, sim — confirmou ele, totalmente sem graça.

— Não acredito que você foi capaz de traí-lo.

— Que conversa mais entediante — exclamou a Fênix, irritada. — Pedro, aquele moleque vai arder no fogo do inferno esta noite e preciso de você vigiando-o. Vá até ele e fim de papo.

Visivelmente em conflito consigo mesmo, Pedro deixou a sala para cumprir o dever exigido pela Fênix. Ana Lúcia continuou imóvel sentada no chão.

— Ligue a televisão. Meus homens deram cabo do Lopes, da delegada intrometida e de dois policiais. O noticiário não fala da morte de pessoas pretas, neta querida, mas, quando um policial morre no morro... Nossa Senhora! O assunto rende por semanas ou até meses. É até divertido.

Ana Lúcia permanecia muda. A delegada. Morta. Puta que pariu.

— Vó — começou, desolada —, eu preciso saber se ainda existe algo da Célia aí dentro. A Célia que trabalhava com a terra em Alcântara, a Célia que fazia pão caseiro pra neta.

A Fênix ficou quieta, apagou o cigarro no cinzeiro e então respondeu:

— Eu não era ninguém em Alcântara. Aqui sou líder, praticamente dona do morro. A polícia não consegue chegar até a mim porque sou completamente blindada. Tenho dinheiro e sou invencível. A Célia não existe mais. Está morta.

Lágrimas desceram pelo rosto de Ana.

— Eu quero que seja dona disso tudo no futuro. Não consegue ver, minha neta?

Ana enxugou as lágrimas.

— Mas você quer vender meu irmão, filho do seu filho. Por quê?

— Porque o menino é filho dela.

— Você também não gostava da minha mãe.

— Tua mãe é uma imbecil, mas não matou o Jeremias. Berenice sempre amou o meu filho, para sua própria decadência...

— Vó, por favor, não faça isso com meu irmão...

— Tem uma família italiana encantada por ele.

— Meu Deus...

— É adoção internacional.

— É tráfico de pessoas.

— O lucro é altíssimo.

Ana voltou a chorar. Chorava pela perda da inocência, pela perda da avó, pelo sangue que via desde que chegou ao Rio de Janeiro, pelo irmão que perderia antes mesmo de conhecer, pela provável morte do garoto de quem gostava. Sofria pela mãe, que caíra no alcoolismo sem nem ao menos chegar perto da verdade.

Diariamente o mundo forma sociedades totalmente egoístas e perversas, que visam dinheiro e poder. A avó era perversa e narcisista, apaixonada por si mesma, não tolerava ninguém, não tolerava a frustração, tudo tinha que ser como ela queria. E a Fênix é uma. Apenas uma. Como ela, existem outras e outros.

— Vou tomar um ar, lá fora. — Ana Lúcia se pôs de pé, deixando a sala.

O perverso se compraz com a dor alheia. Faz de tudo para obter o que deseja, tendo consciência e não sentindo culpa alguma.

CAPÍTULO 13

Todos os dias no Jacarezinho foram horríveis, com tensão, angústia, medo. Raros momentos de alívio e, mais uma vez, a tensão crescente; o pavor criando raízes dentro dela. Sentia os batimentos cardíacos acelerados e convivia com a sensação real de instabilidade. A qualquer momento, ela poderia morrer ou presenciar a morte de alguém. Ana Lúcia não aguentava mais.

Ela atravessou a frente da casa e começou a andar por um corredor, desviando de uma máquina de lavar roupas, para logo se deparar com Pedro, parado em frente à porta do quartinho onde estava Ruela.

— Não pode entrar — adiantou ele, sem encarar Ana nos olhos.

— Tente me impedir — exclamou ela, com altivez.

Pedro abriu a boca, mas tornou a fechá-la. Sentia-se aturdido, então concordou com um aceno de cabeça. Ana passou por ele, cautelosa e bastante silenciosa, em direção à porta e a abriu, deslizando para dentro do quartinho pequeno, escuro e malcheiroso. Com uma sensação que misturava assombro e ódio, Ana Lúcia viu o garoto que amava amarrado como um animal e, evidentemente, como se isto ainda fosse possível, se sentiu chocada com a perversidade da avó.

Ela se agachou até Ruela, que parecia semiconsciente. Com os olhos marejados, ela puxou a fita adesiva que lhe tampava a boca.

— A-Água — pediu ele, e o suor gotejava de seu rosto.

Por sorte do destino, ou porque no Rio de Janeiro faz um calor do capeta, Ana carregava uma garrafinha de água e a aproximou da boca de Ruela, ajudando-o a beber. A infelicidade que dominara Ana Lúcia havia diminuído um pouco ao ver Ruela, embora seus medos não estivessem, de modo algum, extintos. A avó faria algo terrível com ele.

— A-Ana — começou ele, se esforçando muito para falar —, aqui t-tem ratos.

Ana Lúcia tinha horror a ratos, mas congelara todo o resto, não se permitindo dominar pelas emoções e sim pela razão, principalmente quando viu uma marca de mordida de rato no braço imobilizado de Ruela. Precisava ser racional. O garoto estava pálido, encarcerado e sendo mordido por ratos!

— Como está se sentindo?

Ruela não respondeu, seu olhar apenas cambaleou e ele abaixou a cabeça.

— Tô preocupada com você.

— Porra, Ana — disse, fazendo esforço para falar e até mesmo reorganizar as ideias —, você corre perigo vindo me ver.

— Tenho que tirar você daqui, caramba.

— Não dá. Foque no teu irmão, porra.

— Você tá desistindo? — perguntou Ana Lúcia, sem acreditar.

O silêncio tomou conta deles, quebrado apenas pela respiração ansiosa de ambos. Ruela não queria assustar a garota, mas sua vida já estava perdida e Ana não podia perder mais tempo. A vida do menino podia ser salva. Dependia dela.

— Não permita que a Fênix concretize o plano de mandar teu irmão para o México.

— Lopes e Juca estão mortos — afirmou ela, mesmo consciente de que nada impediria Célia de traficar o menino.

— Ana — resfolegou Ruela, tentando se ajeitar como podia —, a essa altura ela já reorganizou um novo exército. Uma vez Fênix, sempre Fênix...

— Já entendi — murmurou Ana, impaciente e um pouco desesperada. — Porra, mas o que você quer que eu faça? Ignore que minha avó pretende fazer algo monstruoso com você?

— Hoje à noite, quando ela vier aqui, vou apelar pro perdão. Nada que uma boa conversa não resolva — ele tentou sorrir. — Sua obrigação é fugir pra Alcântara com o menino — acrescentou, com firmeza.

— E te deixar? Nunca!

Ruela estremeceu. Ana Lúcia dificultava demais.

— Sei que jamais me deixaria, mas há algo de bom que você pode fazer esta noite. Socorrer a criança, órfã e refém da ganância de uma velha sem sentimentos — ele pausou, brevemente. Estava fraco. — Na casa da minha mãe, debaixo da minha cama, tem muita coisa registrada que pode ajudar. Fotos, e-mails... Vá até a minha mãe antes de fugir pra tua terra.

— Fugir não é tão simples — argumentou Ana. — Eu preciso de carona.

Ruela resfolegou, se sentia zonzo e febril, queria dormir, porém estava certo de que não conseguiria adormecer. Seu destino estava marcado e cada vez mais próximo; não duvidava que passaria as próximas horas digerindo a própria morte.

Pedro abriu a porta para avisar que Ana Lúcia deveria deixar o quartinho. A cabeça dele rolaria se a Fênix percebesse que ele a deixara entrar. Só que, ao abrir a porta, o rosto de Ruela se tornara parcialmente visível pela luz que entrara no pequeno recinto e Pedro notara a decepção no rosto do garoto. Como se fosse possível, ele se sentiu terrivelmente pior.

— É melhor você ir — disse Ruela para Ana. — Não se esqueça de fazer o que é certo.

Ana Lúcia o encarou pela última vez e assentiu sutilmente com a cabeça, deixando o recinto depressa.

Com Ana Lúcia longe, Pedro e Ruela se observaram e trocaram poucas palavras em um tom intencionalmente educado, o que deixava claro que ambos não haviam esquecido o que se passou. Até que Ruela foi direto:

— Por quê? — perguntou ele, com dificuldade.

— E-eu... M-Minha família. Foi por eles.

— Razão justa — resfolegou, em resposta.

— Pelo amor de Deus, garoto. Não está em condições de falar muito.

— Feche a porta.

Extremamente envergonhado, Pedro trancou a porta.

~~~

— Zé Carlos?

— Ana Lúcia? Caramba, tenho me perguntado se está bem.

Ana temia novos comentários de Zé Carlos sobre a horrível maneira de se achar superior a outros pretos, por ser caminhoneiro. Zé Carlos era gente boa, ela não tinha dúvida disso, mas sua opinião era tão limitada quanto a das pessoas que fogem dos livros por temerem o conhecimento. Ana Lúcia aprendeu tanto na vivência diária no Jacarezinho que, definitivamente, se via sem paciência para comentários pautados no preconceito.

— Preciso sair daqui. Necessito da tua ajuda.

— Sabia que você detestaria esse lugar porque...

Ana Lúcia o interrompeu, com inflexão na voz.

— Não é hora de falar sobre política. Tenho um irmão pequeno. Meu pai teve um caso com uma mulher que assassinaram esta tarde. Precisamos de carona pra Alcântara.

Zé Carlos ficou mudo. Mais surpreso com a infidelidade de Jeremias do que com a informação de que uma mulher morrera assassinada.

— E a tua avó? — perguntou ele, ainda pasmado.

— Minha avó quer traficar meu irmão pro México!

Ana ouviu Zé Carlos soltar um longo suspiro do outro lado da linha.

— Ana, acho que você passou por algum estresse recentemente. Acho não, tenho certeza. Eu sabia que o Jacarezinho não era lugar pra você. Olha só, o teu pai não era homem de engravidar mulheres fora do casamento e a tua avó não é traficante.

— Zé, eu preciso de ajuda. Vou mandar a localização pelo WhatsApp.

— Então, tô na estrada. Amanhã estarei no Rio. Você tem muita sorte, menina.

— Só amanhã?

— Somente amanhã, mas... Tem neguinho aí fazendo algo contra você?

Ana Lúcia respirou fundo, sabia que, para ir embora com Zé Carlos, não bastava falar de Célia. Ele não acreditaria.

— Tô fugindo com meu irmão — disse ela, decidindo que iria para a casa da mãe de Ruela, como ele pedira. Mandaria a localização para Zé Carlos quando estivesse lá.

— Tu vai levar o filho da outra pra Alcântara? Não sei se Berenice vai gostar da ideia, mas... Bom. Fique firme e não se esqueça de enviar a localização assim que puder. Vou pisar fundo no acelerador.

— Muito obrigada.

— Até, Ana Lúcia.

O tom de voz de Zé Carlos não era parecido com nada que ele já lhe dissera no passado. Era angustiado e caloroso, fraternal, como o de um pai. Ana se sentiu mais forte depois de ter conversado com ele. Mais corajosa. Aproveitou que a Fênix tomava banho para ir ao quarto dela e pegar algumas notas de cem reais de um taco solto do chão. Provavelmente não era o único esconderijo de Célia para dinheiro e cocaína, mas era o único que Ana conhecia.

Ela descobriu o esconderijo da avó quando instalou o gravador de som. Na pressa em não ser vista, ela tropeçou no taco de madeira e caiu, fazendo com que o esconderijo fosse revelado.

No atual presente, também agindo depressa, ela conferiu exatamente tudo antes de sair e então encontrou seu irmão, Otávio, encurvado e chorando baixinho. A cena partiu seu coração.

— Oi. Tudo bem? — perguntou ela, aproximando-se do menino.

O garoto se encolheu no sofá. Parecia muito assustado. Ana sentiu piedade.

— Mamã. Quero minha mamã.

Ana Lúcia quase caiu no choro. Precisava ajudar e não atrapalhar.

— A mamã pediu pra eu cuidar de você. Posso te abraçar?

Ele assentiu que sim. Ana então abraçou o irmão, sentindo que o futuro dele dependia exclusivamente dela. E, pela primeira vez, se sentiu responsável por alguém. Que loucura. Ela seria capaz de afirmar que já o amava.

— Gosta de Mundo Bita? — perguntou, carinhosamente.

Ele novamente assentiu com a cabeça. Ana Lúcia então acessou o YouTube pelo celular e deu para ele segurar.

"Ei, olá, prazer em te conhecer!"
"Ei, olá, que bom! Quanta diversão".

O menino sorria e Ana Lúcia suspirou, aliviada. A criança precisava de um mundo de fantasia, algo colorido e feliz. Temia pela saúde mental do irmão. Logo depois, a Fênix surgiu na sala. Negativa como sempre.

— Vejo que criou vínculo com ele.

— Não é pra tanto — respondeu, de má vontade.

— É importante que você o estimule a falar. Os pais adotivos ficarão satisfeitos, sem achar que a criança tá com defeito. Essa coisa de autismo que falam ultimamente.

— Ele só tem dois anos.

— É claro que ele não vai falar perfeitamente, mas, se você conseguir algumas frases, já está de bom tamanho.

Ana não disse nada. Célia voltou a falar:

— Tenho que ir. Eu queria que você assistisse ao espetáculo, mas acho melhor que continue com seu irmão. — Ana Lúcia permaneceu muda, não queria saber o que deixaria de assistir. Faria o que Ruela pediu. Salvaria o irmão. — Vou filmar pra você.

Célia deixou o recinto antes de ouvir Ana murmurar que ela perderia tempo filmando seja lá o que fosse. Depois de aguardar dez minutos, Ana Lúcia pegou o menino no colo, dizendo a ele que iriam passear. O garotinho demonstrou entusiasmo e ela guardou o celular no bolso da calça jeans.

Ao sair da casa, Ana se deparou com um sujeito armado que lhe parecia familiar.

— Vai pra onde?

— Eu... Dar uma volta com o menino.

— A Fênix deu ordens pra ninguém sair.

— Você não é o cara que...

— Que encontrou você berrando junto com o Ruela e o Ettiénne no dia da grande chacina? Sim. Sou eu.

— Tito?

— É, mas vai voltando pra tua casa...

O rapaz não concluiu a frase. Levou um tiro no peito de uma arma silenciosa e desmontou no chão, inconsciente. Ana olhou assustada, procurando quem atirara, então enxergou Pedro.

— Vaza daqui. Rápido. Vou te dar cobertura.

Aturdida, Ana não se conteve:

— Eu pensei que...

— Não, pensou errado — ele a cortou, com os olhos brilhando sob a luz do luar. — Agora vá!

Ana Lúcia se pôs a correr, descendo escadas e cortando caminho pelas ruelas que conhecia. Então, outro homem da Fênix a barrou, e novamente Pedro atirou, desta vez do alto de um telhado.

— Não fique parada. Corra!

A adrenalina disparou correntes elétricas por todo o corpo de Ana Lúcia e, desesperada, durante a corrida desenfreada, ela ainda encontrou espaço para desejar que um buraco negro se abrisse, para que ela e o irmão fossem engolidos. Não teria mais medo da avó. Tudo aquilo simplesmente desapareceria.

Suando em bicas, cada vez mais abraçada à criança, a garota prosseguia desembestada pelo morro sem dar atenção aos tiros às suas costas, aos gritos e as ameaças. Ana Lúcia chegou à casa de Ruela com dores no corpo inteiro. Para sua surpresa, havia outras mulheres e todas elas estavam reunidas para ler a Bíblia. A casa tinha uma energia diferente do resto do morro. Era como um refúgio de luz. Otávio começou a sorrir para as pessoas, passando de colo em colo.

Ana se sentia acolhida, mas permanecia tensa. Nervosa. Preocupada. Sua respiração provocava pontadas terrivelmente dolorosas. Ela não conseguia respirar direito. Ruela teria sido perdoado? A mãe dele não transparecia preocupação. Mas talvez ela não soubesse de nada. Como se tivesse lido pensamentos, a mãe de Ruela começou a fazer perguntas, que Ana respondia com crescente nervosismo.

— Ruela tentou avisar à mãe do meu irmão que a criança corria perigo. Não sei exatamente o que aconteceu, mas imagino que minha avó tenha ficado irada.

A senhora balançou a cabeça, preocupada. Reunira as pessoas para orar porque tinha conhecimento da morte de policiais e traficantes naquele dia. Era o assunto do momento.

— Onde ele está?

— Preso num quartinho, vigiado por Pedro. Ruela me mandou vir pra cá. Disse que tem coisas importantes debaixo da cama... Acho que é pra entregar à polícia.

Mas Cristina não ouvira. O nome Pedro martelava em sua cabeça.

— Esse Pedro é aquele que o meu filho ajudou?

— Sim, mas...

— Pedro negou Jesus três vezes!

— Mas... Mas ele tá tentando ajudar. Eu só consegui chegar até a senhora porque ele afastou os caras da Fênix que, por pouco, não me impediram de descer o morro.

— Ana Lúcia, eles vão fazer algo tenebroso com o Ruela. Eu sinto.

— Minha única esperança é o Pedro.

Mas a mulher caíra na descrença total.

— Vou até lá.

— QUÊ?

— Quer vir comigo?

— Sim, mas... — Ana olhava para o irmão.

— Ele está bem com a Genoveva. Vamos.

Ela se afastou e avisou que subiria o morro, em busca do filho. Todas as mulheres, sem exceção, disseram que ficariam em oração. Quando elas saíram de casa, olharam diretamente para o alto. O céu, outrora límpido e repleto de estrelas, começara a ficar escuro.

— Tá vindo do alto do morro — ganiu Cristina.

O coração de Ana Lúcia apertou como se fosse parar. Não apenas elas, mas outros moradores começavam a surgir para olhar a razão do cheiro de borracha queimada. O céu perdia sua beleza e uma fumaça preta, de grandes proporções, tornava o ar muito poluído.

Desesperada ainda mais pelo alvoroço, Cristina começou a correr pelo morro, afastando as pessoas assustadas que vinham pelo lado contrário. Ana e Cristina não temiam ser pisoteadas; sentiam medo de não chegarem a tempo de socorrer Ruela. Este era o grande espetáculo? Ana sentia sua aversão pela avó crescer, conforme elas subiam, aos tropeços, pelas escadarias.

Depois de quase quarenta minutos, elas conseguiram chegar ao topo do morro. Ana não tinha fôlego e caiu de joelhos. Cristina, levantando a Bíblia para o alto, começou a gritar:

— Mulher cruel! Deixe meu filho, eu te imploro!

A Fênix e três capangas viraram para Cristina.

— Em nome do Senhor! Parem!

Eles se olharam.

— Tá louca, dona? — questionou um deles, rindo. — Quer morrer também, é?

O cenário era horripilante. Ruela estava caído perto de sete ou oito pneus que cuspiam fogo. Tinha sido espancado por mais de uma hora e sangrava da cabeça aos pés. O plano era queimá-lo vivo, mas a Fênix ordenou que fizessem barbaridades com ele antes, como deixá-lo perto dos pneus e sentir o calor das chamas que o aguardavam. Um crime hediondo.

— Sangue de Jesus tem poder!

— Olha só quem tá aqui. Você é a mãe do Ruelinha? — exclamou Célia, em tom letal, dando alguns passos à frente. — Seja bem-vinda. O micro-ondas espera por ele.

— NÃO! Deus tenha piedade do meu sofrimento — chorava Cristina, agarrada à Bíblia. Ruela soltou um gemido e foi chutado por Fênix.

— Acho que vamos queimar duas pessoas hoje. A carbonização é o método perfeito, destruirá praticamente tudo. Ossos, tecidos... Jesus te abandonou, mulher idiota. Atirem!

O rapaz que zombou de Cristina atirou nela, mas acertou na Bíblia. A mulher tombou para trás, devido à força do tiro. Ana Lúcia, um pouco recuperada, aproximou-se de Cristina, correndo.

— E-Ela está viva! A bala ficou presa na Bíblia! Graças a Deus!

— O que você está fazendo aqui, infeliz? CADÊ O MENINO? — vociferou a velha. Não tinha notado a presença de Ana Lúcia até aquele momento.

Apavorado, vendo que Cristina tinha se salvado por causa da Bíblia, o rapaz que atirou teve uma atitude inesperada: saiu correndo. Os outros ficaram estagnados, sem saber como agir.

— Atirem, desgraçados! Sejam homens, porra! — a Fênix berrava, enlouquecida.

Eles apontaram suas armas, mas não conseguiam atirar. As mãos tremiam. Sentiam medo. Não demorou muito para largarem as armas no chão e também fugirem. A Fênix perdeu o controle e se agachou para pegar uma das armas que os covardes abandonaram.

— VOU ACABAR COM A PORRA DESSE RUELA AGORA. E VOCÊS...

A Fênix não concluiu a frase. Pedro atirou nela, estava escondido num canto próximo, aguardando o momento de agir. Algo cansado, ele se aproximou da velha que, viva, dizia os piores palavrões.

— Chega de maldade, mulher. Chega. Vá pro inferno!

E a pegou no colo, atirando-a para dentro dos pneus em chamas.

Ana Lúcia permitiu que lágrimas abundantes escorressem por seu rosto e, entre uma resfolegada e outra, rezava o Pai Nosso pela alma perturbada da avó. Sendo engolida pelas chamas, Célia berrava incessantemente. A cena era pavorosa e Ana aceitara, tomada pela dor, que amava a avó. Não a Fênix, mas a mulher que a ensinou a separar feijão sobre a mesa, que fazia pão caseiro. A mulher que sorria e contava-lhe histórias antes de dormir. Sua avó. Célia. Morta há muito tempo. E, agora, a Fênix morria também...

Pedro se aproximou de Ana Lúcia e a abraçou. Os dois choravam sem nada dizer. Tudo estava perdoado.

Naquela noite, o morro inteiro ouviu os gritos da Fênix, sentiu o cheiro de carne queimada e, acima de tudo, todos viram, no dia seguinte, que ela não ressurgiu das cinzas.

EPÍLOGO

Ruela chegou ao hospital totalmente desacreditado pela equipe de saúde. Ele passou por duas cirurgias e seu estado permaneceu grave por quase dois meses. O rapaz apresentava costela fraturada e lesões nos membros inferiores. O rosto ficou desfigurado por queimaduras de primeiro grau. Sua sobrevivência era um milagre.

Ana Lúcia não se esqueceu de pegar a mala velha do Juca, debaixo da cama de Ruela. Entregou tudo para a polícia. Foi depois disso que o esquema de tráfico de crianças da Nêga, descoberto por Ruela, saiu em todos os noticiários. A investigação alcançou várias fronteiras do país e algumas crianças foram localizadas depois que o escândalo explodiu na mídia nacional e internacional.

Muita gente orava pelo jovem descendente de escravizados e morador do Jacarezinho. Na UTI, ele jamais imaginaria que desconhecidos, famílias, jornalistas, famosos, artistas, políticos e até guardas da polícia civil colaboravam para a sua recuperação. Um famoso ator de seriado, que pediu sigilo, pagava todas as despesas hospitalares do rapaz. Cristina não poderia ser mais grata ao Senhor.

Quando Ruela recebeu alta, compreendeu que, de alguma maneira, tinha a obrigação de ser voz na luta contra o racismo sistêmico. A desigualdade racial continuava muito longe de acabar e Ruela se tornara símbolo de justiça e esperança para pais que tiveram filhos roubados e vendidos.

Humilde, Ruela revelava sempre que sobrevivera graças a outras pessoas que o ajudaram a denunciar o tráfico de crianças. Só que de nada adiantava. O povo continuava agradecendo a ele pela volta do capeta ao inferno. Cristina estremecia com esses comentários.

Um pouco tímido, com o rosto marcado para sempre pela violência que quase ceifara sua vida, Ruela se apresentou no Instagram, pela primeira vez, através de uma *live*. Ele discorrera sobre a importância de a sociedade ser antirracista para ser justa e igualitária. Falou de história. A história do Jacarezinho: escravizados em fuga, que construíram casas no alto do morro por medo de serem capturados pelos capatazes. "Os anos passaram e continuamos a nos esconder no morro", dizia Ruela, atraindo simpatia com seu jeito simples para debater questões importantes.

Ana fugira com Zé Carlos e o irmão para Alcântara, a conselho de Pedro. Era perigoso ficar. A Fênix morrera, mas alguém a substituiria. Isso também valia para a morte de Shirley. Novas facções surgiriam e o Jacarezinho continuaria perigoso para todos eles. Pedro também abandonara a favela com a família, sem dizer para ninguém aonde iria. Nem mesmo a Ana Lúcia.

No Maranhão, sem saber contar os anos, algumas pessoas na comunidade visivelmente acreditavam na possibilidade de Ana Lúcia ser mãe do menino; porém, a grande preocupação da menina era Berenice, com quem teve uma longa conversa sobre o passado e o presente. Para a surpresa de Ana, a mãe desconfiara do marido e lamentava o fim que tivera a amante. Algo resignada, assumiu o papel de mãe do menino. Ana voltou a ouvir a gargalhada da mãe. A criança era uma bênção na vida de ambas.

Estava quente, quando Ana arava a terra e a mãe trabalhava com objetos de cerâmica. Encantado, Otávio assistia a tudo, sorrindo e comentando. De repente, Ana ouviu uma buzina de caminhão. Quando olhou em busca do som, enxergou Zé Carlos, Cristina e Ruela. O último olhava para o chão, constrangido e ansioso por reencontrar a garota que amava. Ana Lúcia compreendeu por que ele estava cauteloso: o rosto não era mais o mesmo depois das queimaduras.

Ana se aproximou, tocando-lhe a face e, em seguida, mergulhando seus olhos nos dele. Era ele. O mesmo impertinente e encantador José Bonifácio. Então, eles se beijaram, um beijo que jamais esqueceriam; afinal, conforme os lábios se encontraram, Ruela e Ana Lúcia sentiram gratidão, alegria e muito amor. Amor real e profundo, daqueles que nem todos conhecem em vida.

Pouco depois, Ana cumprimentou Zé Carlos e Cristina. Estavam noivos. Otávio chamou os dois de vovô e vovó, respectivamente.

— Sogra, soube por alto que a Corte Interamericana de Direitos Humanos julgará as denúncias dos quilombolas contra o Estado Brasileiro.

— Sim, filho — respondeu Berenice. — Essas terras são nossas e o Estado Brasileiro não nos consulta pra nada.

— Viu como o nosso trabalho de formiguinha dá certo? — perguntou Ruela, entusiasmado, sem notar que Ana o admirava. — A lei está conosco. O Estado Brasileiro violou direitos de muitas comunidades aqui da região. Falarei sobre essa questão com os meus seguidores... O país tem que saber o que se passa aqui.

O sol ia se pondo, ocultando-se pouco a pouco no Oeste. Ana Lúcia e Ruela se sentiam felizes.

Berenice ria, com Cristina e Zé Carlos. O pequeno Otávio abraçava a todos e, assim, eles se sentiam unidos, amados e inspirados. Todo dia é um novo dia. Sempre haverá sol, lua e estrelas no céu. A vida continua...

Esta obra foi composta em Sentinel 11 pt e impressa em
papel Pólen soft 80 g/m² pela gráfica Loyola.